Collection nouvelle à 2 francs.

LA
FÉE DU LOGIS

PAR

Mme LA COMTÉSSE DROHOJOWSKA

NÉE SYMON DE LATRESCHE

SOCIÉTÉ GÉNÉRALE DE LIBRAIRIE CATHOLIQUE

PARIS
VICTOR PALMÉ
DIRECTEUR GÉNÉRAL
23, rue de Grenelle-St-Germain.

BRUXELLES
G. LEBROCQUY
DIRECTEUR DE LA SUCCURSALE
POUR LA BELGIQUE ET LA HOLLANDE
5, place de Louvain, 5.

1877

EN VENTE CHEZ LES MÊMES ÉDITEURS

COLLECTION CHOISIE A 2 FRANCS LE VOLUME.

LE LENDEMAIN DE LA VICTOIRE, vision, par M. Louis Veuillot, 3ᵉ édition, augmentée d'un avant-propos. 1 beau vol. in-12 de xxv-300 pages. **2 fr.**

ŒUVRES DE XAVIER DE MAISTRE: *Voyage autour de ma chambre.* — *Le Lépreux de la cité d'Aoste.* — *Les prisonniers du Caucase.* — *La jeune Sibérienne.* — Nouvelle édition, revue et précédée d'un avant-propos par Eugène Veuillot. 1 beau vol. in-12 de viii-336 pages, caractères elzéviriens, titres rouge et noir. . . . . **2 fr.**

BRUTUS LE MAUDIT, récit contemporain (1793-1848), par J. Chantrel. 1 vol. in-12 de 283 pages. . . . . **2 fr.**

LA FALAISE DE MESNIL-VAL, par le même. 1 vol. in-12 de 273 pages. **2 fr.**

UN CŒUR PUR, nouvelle, par Adolphe Aucluze. 1 beau vol. in-12 de 373 pages. **2 fr.**

LA FEMME SANS DIEU, par Alfred des Essarts. 1 beau vol. in-12 de 333 pages. . . . . **2 fr.**

LA FERME DU QUICERON, par Marie Ruhil. 1 vol. in-12 de 378 p. . **2 fr.**

LE GRILLON DU FOYER CHRÉTIEN, par Bernard Cozes; 3ᵉ édition, revue et augmentée. 1 vol. in-12 de xlviii-230 pages. . . . . . . **2 fr.**

LE GUILLAUME D'OR, roman champêtre, par le docteur Hendrik Snieders, traduit du flamand par Guillaume Lebrocqut. 1 vol. in-12 de 260 pages. . . . . **2 fr.**

LA JOURNÉE DE REICHSHOFFEN, avec cartes et pièces officielles, par Eugène de Moxxis. 1 beau vol. in-12 de lxxiii-303 pages . . . **2 fr.**

LA PRINCESSE AGNÈS DE SALM-SALM AU MEXIQUE EN 1867, ses souvenirs sur la chute et la fin de Maximilien Iᵉʳ, mis en français pour la première fois, accompagnés de chapitres complémentaires puisés dans les meilleurs témoignages, et précédés en outre d'une introduction historique sur les révolutions du Mexique, par Philippe de Toutsi. 1 vol. in-12 de lvi-210 pages. . . . . **2 fr.**

VOYAGE SENTIMENTAL DANS LES PAYS SLAVES, par Chaille. 1 vol. in-12 de 312 pages . . . . **2 fr.**

L'ANNEAU DU MEURTRIER, par M. J. Cosery du Jardinet. 1 vol. in-12 de 247 pages . . . . **2 fr.**

LA MAIN INVISIBLE, épisode de l'invasion de 1814, suivie de : *Les Billets de faveur.* — *Une attaque nocturne.* — *Le Secret d'un touriste,* par le même. 1 vol. in-12 de 283 pages . . . . **2 fr.**

LE SECRET DU CHATEAU DE ROCNOIR, épisode de la révolution de 1789, par le même. 1 fort vol. in-12 de 231 pages . . . . **2 fr.**

SUR LE BUCHER, ou le Sort des femmes, par le même. 1 vol. in-12 de 279 pages . . . . **2 fr.**

AU BAGNE, histoire d'un curé de village, par Snieders et Lebrocout. 1 vol. in-12. . . . . **2 fr.**

---

651. — Paris. imp. de Ch. Noblet, rue Cujas, 13. — 1877.

LA
FÉE DU LOGIS

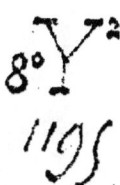

© G

LA
FÉE DU LOGIS

PAR

Mᵐᵉ LA COMTESSE DROHOJOWSKA
NÉE SYMON DE LATRESCHE

SOCIÉTÉ GÉNÉRALE DE LIBRAIRIE CATHOLIQUE

PARIS	BRUXELLES
VICTOR PALMÉ	**G. LEBROCQUY**
DIRECTEUR GÉNÉRAL	DIRECTEUR DE LA SUCCURSALE
	POUR LA BELGIQUE ET LA HOLLANDE
23, rue de Grenelle-St-Germain.	5, place de Louvain, 5.

1877

LA FÉE DU LOGIS

CHAPITRE PREMIER

LE MANOIR DE PENHOER

I

Au milieu à peu près de la chaîne de falaises et de récifs dont l'arc immense s'étend du *Raz* à la pointe de *Penmarch*, le manoir de Penhoer est placé sur un promontoire élevé d'où le regard se perd dans l'immensité de l'Océan.

La résidence des barons de Penhoer était autrefois une imposante forteresse dont les dépendances s'étendaient au loin dans l'intérieur des terres, et que gardaient, toujours prêtes à la défendre contre toute attaque, des troupes nombreuses de gens d'armes et d'archers.

Mais, après que la chute du régime féodal eut donné le signal de la décadence de la noble famille, le vaste château seigneurial suivit la fortune de ses maîtres et perdit peu à peu de son importance.

Aujourd'hui il n'en reste plus guère qu'un sombre et triste donjon qui, placé au bord de la falaise à laquelle ses murailles de pierres grises paraissent soudées, ressemble, vu de la mer, à la gigantesque guérite de quelque mystérieux génie, gardien de ces abrupts rivages.

La falaise descend en gradins impraticables jusqu'à la mer; là elle se glisse sous les flots pour se redresser un peu plus loin, disparaître et se relever encore. La mer bouillonne en mugissant au milieu de ce cordon de brisants, et le navire que la tempête y jette ne peut, que par un miracle, échapper à la destruction.

Au moment où s'ouvre notre récit, un homme d'une cinquantaine d'années est assis dans la salle basse du manoir. Un feu clair et brillant brûle dans l'âtre de la vieille cheminée. Près du maître du logis, un massif guéridon de chêne supporte des livres, des cartes, des compas, une boussole et des feuillets de papier couverts de caractères algébriques qui ne permettent pas de se méprendre sur le cours habituel de ses pensées.

Mais, ce soir-là, il ne semble pas disposé à travailler; la mèche de la lampe aurait besoin d'être relevée, et il ne s'en aperçoit pas. La tempête gronde au dehors, et il est absorbé par la voix bien connue de la bourrasque qui fait grincer la girouette, qui ébranle les volets, secoue les portes et descend en lugubres gémissements par le tuyau de la large cheminée.

Ces bruits si lugubres ont pour lui un charme secret. Il a été marin toute sa vie, et il écoute le vent frappant aux volets, comme un importun qui voudrait entrer de gré ou de force, avec la même émotion de bien-être que, lorsque réveillé par la tempête, il se retournait sur son hamac et, serrant ses couvertures autour de lui, se félicitait de n'être pas de quart en ce moment.

La journée a été triste et brumeuse, le vent a fait rage toute la soirée et tout fait présager que la nuit sera terrible. A mesure que les heures s'écoulent, la tempête redouble; à certains moments où le manoir semble prêt à s'écrouler, le commandant du Penhoer se lève et, allant à une fenêtre dont il a peine à maintenir le battant ouvert, il jette un regard expérimenté sur le ciel et sur la mer.

Au ciel de lourds et épais nuages courent avec rapidité sous le vent, et, tour à tour cachant et dégageant la lune, — une pâle lune de novembre, — ils forment sur les eaux une voûte de plomb et semblent glisser dans l'espace comme de menaçantes silhouettes.

Sur la mer, l'œil devine, plutôt qu'il ne les voit, les vagues se poursuivant avec leurs crêtes blanches

d'écume, leurs mugissements rauques, sans cesse
prêtes à entraîner l'audacieux qui oserait braver
leur courroux, sur les récifs où elles-mêmes viennent se briser avec un fracas épouvantable.

Le commandant referme la fenêtre, fait quelques
tours dans la salle, ajoute quelques bûches au feu
et se rassied.

Il prend un livre et s'efforce de fixer son attention sur sa lecture; il n'y réussit pas. Les rudes tempêtes qui ont traversé sa vie, — tempêtes du cœur
et tempêtes des éléments, — se dégagent des voiles
du passé et défilent devant lui comme ces ombres
fantastiques que son regard tout à l'heure suivait
dans le ciel.

Que d'événements dans cette vie! Combien d'heures de lutte, d'inquiétudes, et combien peu d'instants de paix et de joie.

Il se souvient d'avoir vu dans la demeure, où
maintenant il vit seul, une famille nombreuse et
unie.

Le manoir avait alors plusieurs annexes depuis
bien des années abandonnées et écroulées, et cependant on s'y trouvait à l'étroit, tandis qu'à présent
ses appartements déserts sont livrés à la solitude et
envahis par l'humidité.

Devant ce foyer où il tient si peu de place, il a vu
un père, une mère, un aïeul au milieu de huit en-

fants dont la grâce, l'esprit, la forte constitution, les qualités morales semblaient assurer à leur race une ère nouvelle de prospérité.

Où sont à présent tous ces êtres aimés ?...

Les bizarreries du sort les ont dispersés sur tous les points du globe.

Sa sœur aînée, après avoir revêtu la cornette et la robe de bure des filles de Saint-Vincent de Paul, est allée cueillir en Chine la palme des confesseurs.

Un de ses frères, comme lui brillant officier de marine, est resté, avec son navire et tout son équipage, dans les glaces du pôle.

Deux autres frères, enrôlés dans la vaillante milice des missions étrangères, sont morts victimes de leur zèle, l'un en Cochinchine, l'autre au Japon.

Un autre encore, bel adolescent qui n'avait pas encore quitté le giron maternel, a péri par une nuit d'ouragan semblable à celle-ci, alors que, dans son ardeur impuissante à porter secours à un navire en détresse, il s'était jeté à la nage à travers les brisants.

Un sixième a été tué à la prise de Constantine.

Lui-même, blessé devant St-Jean d'Ulloa par un éclat de biscaïen, il a dû renoncer à la carrière qu'il aimait et dans laquelle il avait rapidement avancé, et cela au moment même où, à la suite d'un fait d'armes remarqué, il venait d'être porté sur le ta-

bleau d'avancement pour le grade de capitaine de
frégate.

Après de longs mois de souffrances sur une terre
étrangère, après un rapatriement difficile, il est
rentré, pour ne plus s'en éloigner, au vieux manoir
que venaient de quitter ses derniers hôtes ; les uns,
son père et sa mère, pour reposer ensemble, en
compagnie de leurs ancêtres, sous la dalle armoriée
de l'antique église de Penhoer ; l'autre, son plus
jeune frère, pour aller s'établir à Paris.

Bien des années se sont écoulées depuis, sans
qu'il ait revu ce frère seul survivant, avec lui, de
leur nombreuse famille, sans qu'il en ait entendu
parler, sauf par hasard et de loin en loin.

Ce qu'il en a appris ainsi l'a froissé dans sa dignité, ou, pour parler plus juste, dans ses préjugés
de race.

Edouard, lui a-t-on dit, a appliqué à la conquête
de la fortune toutes les facultés, toute l'ardeur de
caractère que ses frères et lui ont consacrées à la
conquête de la gloire, au service de Dieu et de la
patrie.

Il s'est fait « homme d'argent » et n'a pas craint
d'inscrire sur la liste des « *financiers parisiens* » le
nom que leurs aïeux ont inscrit avec leur épée sur
tous les points du monde où au cours des siècles a
flotté le drapeau de la France !

C'est là un crime de lèse-famille que, d'après ses principes, « un Penhoer » a le devoir de ne jamais pardonner; aussi Bertrand se considère-t-il comme l'unique représentant de son nom.

Au fond de son cœur, cependant, et surtout par ces nuits de tempête où le déchaînement des éléments, en faisant ressortir l'impuissance et le néant de l'homme, condamne l'orgueil sous toutes ses formes, même sous celle qui est la plus excusable, parce qu'elle prend sa source dans un honneur exagéré sans doute, mais en somme désintéressé et chevaleresque, Bertrand du Penhoer sent vibrer en son cœur, pour ce frère dont il a dirigé les premiers pas et séché les premières larmes, un sentiment d'affection qu'il ne peut en déraciner.

Il ne l'excuse pas, ne lui pardonne pas; mais il l'aime. S'ils se rencontraient, il refuserait de lui ouvrir les bras; peut-être même prétendrait-il ne pas le connaître; mais il donnerait tout au monde pour l'entrevoir un instant à la dérobée, pour pouvoir se pencher sur lui pendant son sommeil et à son insu.

Qui pourra dire jamais tout ce qu'il y a de contradictions, tout ce qui se cache de tendresse réelle, sous les apparences de la colère et du dédain, dans ces dissensions que suscitent dans les familles les préjugés et l'esprit de parti!...

II

Le commandant du Penhoer est tiré de ses méditations par un coup de canon dont le bruit domine
un instant les clameurs de la tempête.

Au même moment une femme âgée portant dans
sa plus rigoureuse exactitude le costume du pays
entre dans la salle.

— Que sainte Anne d'Auray, s'écrie-t-elle,
prenne en pitié les malheureux qui courent à cette
heure sur les brisants!... N'avez-vous pas entendu,
monsieur, le canon de détresse?

— Il n'y a pas une minute à perdre. Yvonne,
mon caban...

— Vous ne songez pas, monsieur, à sortir à cette
heure?

— Mon caban, vous dis-je...

Pendant qu'Yvonne, comprenant au ton de son
maître que toute représentation serait superflue, se
hâte d'obéir, le commandant allume un falot,
glisse dans sa poche un flacon de rhum et passe en
bandoulière sa boîte de secours.

Quelques instants plus tard, armé d'une gaffe
qui, après lui avoir servi de bâton ferré pour se retenir sur la roche glissante, pourra lui être d'une
utilité plus grande encore si un sauvetage est à opé-

rer, le brave officier de marine descend en courant les rampes de la falaise.

III

Yvonne a suivi son maître pour lui ouvrir la porte.

Le vent qui vient de la mer ne lui permet de la refermer qu'avec une extrême difficulté et après que la pluie a pénétré ses vêtements.

Au lieu de se retirer dans sa cuisine, elle entre dans la salle à manger et s'approche du feu.

Elle aussi, elle a vu le manoir peuplé de nombreux et heureux habitants.

Entrée au service de la mère de son maître actuel alors que celui-ci était un tout jeune garçon, elle l'a vu grandir et lui a, dès lors, voué une affection presque maternelle.

Elle a vu partir ses frères et ne les a pas vus revenir; après la mort de M. et de madame du Penhoer, après le départ d'Edouard pour Paris, il lui a semblé qu'un sort était jeté sur la famille et que jamais le manoir n'abriterait plus aucun de ses membres.

Aussi, quand le commandant écrivit pour annoncer son retour, elle refusa d'abord de croire à un si grand bonheur, et ce fut en doutant toujours qu'elle fit les préparatifs nécessaires pour le recevoir.

1.

Le jour où l'officier blessé et encore valétudinaire arriva enfin, fut le jour le plus heureux de la vie de la digne femme.

A dater de ce moment elle n'eut plus qu'une pensée, qu'une préoccupation : le bien-être de son maître.

Elle ne vécut que pour lui. De son côté, M. du Penhoer plaça en elle la plus entière confiance, et la laissa complétement maîtresse de diriger le ménage et d'administrer la petite ferme, dernière dépendance du manoir.

En sentant ce soir-là son maître exposé à la violence de l'ouragan, en songeant jusqu'où peuvent l'entraîner son courage et son dévouement au cas où il y aurait un navire en perdition sur les brisants, Yvonne ne peut maîtriser son inquiétude.

Elle aussi se souvient! et le long enchaînement de malheurs qui, en un quart de siècle, a dispersé et détruit, moins deux de ses membres, cette famille si nombreuse, se déroulant devant son regard épouvanté, la fait frissonner.

N'était-ce pas par une semblable nuit de novembre que le joyeux et bel enfant, qui s'était élancé plein de vie et d'ardeur sur la descente des rochers, a été rapporté quelques heures plus tard sanglant et inanimé?

— Que la bonne Vierge de Rumengol nous pré-
serve d'un second malheur semblable !...

Et, s'agenouillant, son chapelet à la main, sur la
pierre de ce foyer où tant de générations ont passé,
priant et pleurant aux jours de péril et d'angoisse, se
réjouissant et bénissant le ciel aux jours de bonheur, la fidèle servante met toute son âme dans la
prière qu'elle continue jusqu'au retour de celui qui
est l'objet de son inquiétude.

CHAPITRE II

LE NAUFRAGE

I

Au moment où M. du Penhoer quittait le manoir, neuf heures venaient de sonner.

La brise lui chassait au visage une pluie fine et serrée, à laquelle se mêlait l'eau de mer que le vent détachait de la cime des vagues et projetait à une grande hauteur.

L'obscurité était si grande que ce n'était qu'à la lueur des éclairs qu'il pouvait distinguer la large ceinture d'écume qui s'étendait tout le long de la côte.

Après avoir enfin atteint la base du promontoire à la cime duquel était bâti le manoir, le commandant gagna une petite crique presque entièrement entourée de terre qui, au milieu des brisants s'étendant, ainsi que nous l'avons dit, à plusieurs lieues de distance à droite et à gauche, était le seul endroit où les barques et les navires de faible tonnage, surpris en ces parages par la tempête, pussent trouver un abri.

Le commandant se dirigea vers une maisonne

située sur le bord de la crique et habitée par un pêcheur qui était à la fois son locataire et son homme
de confiance.

— Jeannic! Jeannic! cria-t-il en frappant à la
porte de manière à se faire entendre malgré les
clameurs du vent et de la mer.

Une petite fenêtre s'entr'ouvrit et une voix de
femme répondit :

— Est-il possible que vous vous soyez hasardé à
descendre de là-haut, par une nuit semblable, monsieur du Penhoer?...

— Où est Jeannic? interrompit brièvement le
commandant.

— Il est sorti pour tâcher de reconnaître la position du navire en détresse.

— Savez-vous de quel côté il est allé?

— Par ici, commandant, dit à quelque distance
une voix que M. du Penhoer reconnut sur-le-champ.

— Eh bien? interrogea-t-il en se dirigeant du
côté d'où venait la voix.

— Rien, je ne vois rien, et cependant, si j'en juge
par le bruit de la détonation, le navire à bord duquel le coup de canon a été tiré ne' saurait être
loin.....

— Que Dieu ait pitié de l'âme de ceux qui le
montaient, dit la femme de Jeannic, qui était venue
rejoindre son mari et le commandant; car il est

probable qu'au moment où nous parlons les flots les ont engloutis.

— Qui sait!

— Par une nuit comme celle-ci, on ne saurait approcher impunément des brisants.

— A moins qu'on ne gouverne sur la crique et qu'on parvienne à y entrer... Ne nous décourageons donc pas et avisons aux moyens de diriger de ce côté la manœuvre du navire en détresse... Allons, Jeannic, allons, Anne-Marie, vite un grand feu. Des résines, des fagots; ne plaignez pas le combustible, j'en prends la dépense à mes frais.

Jeannic et Anne-Marie se hâtèrent d'exécuter cet ordre. En un clin d'œil une grande flamme brilla et s'éleva, malgré la pluie qui s'efforçait de la rabattre et de l'éteindre.

Le pêcheur et sa femme entretenaient et activaient le feu avec un grand empressement; toutefois, à leur air morne et abattu il était aisé de comprendre qu'ils ne fondaient aucun espoir sur ce phare improvisé.

..... Un nouveau coup de canon retentit comme un glas de mort.

— Le signal arrivera trop tard, murmura Jeannic. En admettant même qu'ils en comprennent la signification, ils ne parviendront jamais à trouver l'entrée de la crique.

— A moins d'un miracle ! ajouta Anne-Marie en se signant dévotement.

— Et pourquoi Dieu ne ferait-il pas un miracle en faveur de ces malheureux ? répliqua vivement le commandant. N'oublions pas que nous sommes Bretons, c'est-à-dire chrétiens pleins de confiance... Demandons l'assistance de sainte Anne d'Auray et...

Un troisième coup de canon interrompit le brave officier.

Cette fois la détonation était plus forte, plus nette que précédemment. Evidemment le navire était très-près de la côte et à une petite distance du promontoire.

— Ayez bien soin du feu pendant que je vais aller à la découverte sur quelque pointe de rocher, dit du Penhoer.

Et, toujours muni de son falot, il s'élança, non dans le chemin par lequel il était descendu, mais un peu plus à gauche, sur la pente d'un escarpement qui, même en plein jour et par le beau temps, eût semblé impraticable à un homme moins familiarisé qu'il ne l'était avec les falaises de cette âpre région.

Ce ne fut ni sans difficulté, ni sans péril qu'il parvint au sommet qu'il voulait atteindre. Au moment où il y arrivait, un coup de vent l'eût emporté, s'il ne se fût jeté à genoux et, laissant échapper son falot, ne se fût retenu à deux mains aux aspérités de la roche.

La pluie avait transpercé ses vêtements. Un froid glacial faisait trembler tous ses membres, ses dents claquaient. Il resta quelques minutes dans cette position, s'efforçant de percer l'obscurité de la nuit.

Enfin un éclair qui illumina l'horizon tout entier lui permit d'entrevoir l'objet de ses recherches. Cette vision ne dura pas plus longtemps que l'éclair, mais ce fut assez pour l'œil expérimenté du marin.

Il vit que c'était un grand bâtiment qui ne portait que ses basses voiles et qui n'était qu'à quelques centaines de mètres de la terre.

Sur le bord de la crique, la flamme brillante montait de plus en plus haut; le vent, après avoir fait tous ses efforts pour la rabattre vers la terre, l'activait maintenant et ajoutait à sa force.

— Dieu soit béni, pensa du Penhoer, ils ne peuvent manquer de voir cette flamme, et s'ils parviennent seulement à avancer de deux encablures, ils doubleront la pointe!

II

Grâce aux éclairs qui se succédaient rapidement, le commandant pouvait se rendre compte de la marche du navire. Il était très-près de la côte; encore une ou deux minutes et son sort allait se décider.

Une rafale, plus violente qu'aucune de celles qui avaient précédé, enveloppa d'un irrésistible tourbillon le point d'observation de l'intrépide officier qui ne put résister qu'en s'étendant tout de son long sur le rocher; mais la plate-forme où il se trouvait était si étroite et, par suite, son visage si près du bord qu'il ne dominait pas moins la mer.

Un éclair brilla.....

— Que Dieu ait leurs âmes en pitié! s'écria du Penhoer, et, de crainte qu'un autre éclair ne lui montrât le cruel dénouement de cet horrible drame, il ferma les yeux.

Quand il les rouvrit, il dut attendre quelques secondes une nouvelle clarté... La mer était libre... Aucun navire n'y luttait plus contre la destruction... Aucun être humain n'y espérait plus secours et délivrance!

La dernière fois qu'il l'avait entrevu, le bâtiment était à quelques mètres de la base du rocher, jeté sur le côté, sa voile de misaine et sa grande voile arrachées... Maintenant il n'y était plus. Brisé, déchiré, anéanti, il n'avait même pas laissé d'épaves visibles.

Et cependant on n'avait entendu aucun appel, aucun cri de désespoir; on n'avait eu conscience d'aucun de ces efforts suprêmes de l'homme disputant sa vie à la mort !... Les ténèbres de la nuit avaient enveloppé ce terrible drame et en avaient dérobé les détails à tous les regards, pendant que les rugissements du vent en absorbaient tous les bruits.

Profondément ému, M. du Penhoer redescendit avec précaution de son observatoire et, s'approchant des braves gens qui activaient toujours la flamme sans se douter qu'elle était devenue inutile :

— Ménagez votre bois, leur dit-il... Les portes de l'éternité viennent de s'ouvrir pour ceux que nous désirions sauver.

— Le navire a-t-il donc péri, commandant?

— Il vient de se briser de l'autre côté de la pointe.

— Il est peu probable qu'un homme puisse survivre à un choc semblable. Cependant on a vu de si étonnants exemples de sauvetages!... Aussi, si vous le permettez, monsieur, continuerons-nous à entretenir le feu, afin que, si quelqu'un de ces malheureux est porté par le flot de ce côté de la pointe, il puisse aborder dans la crique.

III

M. du Penhoer inclina la tête en signe d'assentiment. La pluie avait presque cessé, les trois témoins de cette scène grandiose et terrible s'assirent sur des blocs de pierre, à portée du feu, afin de faire sécher leurs vêtements.

Pendant qu'Anne-Marie s'occupait du soin d'alimenter le foyer, les deux hommes tenaient leur regard obstinément fixé sur les flots de la petite crique qu'illuminait la flamme.

Tout à coup l'attention de M. du Penhoer fut attirée par un corps flottant sur l'eau et cherchant évidemment à approcher du rivage. Il signala à Jeannic ce point encore indécis, quoique parfaitement visible. Tous deux, pour l'examiner de plus près, s'avancèrent jusqu'à l'extrémité de la crique.

— C'est une créature vivante, dit le pêcheur après quelques instants d'observation; mais ce n'est pas un homme.

— Qu'est-ce que ce peut être? murmura M. du Penhoer.

— Par sainte Anne d'Auray, commandant, c'est un chien!

— Oui, c'est un fidèle terre-neuve qui nous ap-

porte dans sa gueule une épave du naufrage, quelque paquet que lui avait sans doute confié son
maître... son maître englouti maintenant au sein
des flots, car, s'il vivait, son chien ne l'aurait pas
quitté.

— Courage ! mon brave animal, courage !... Par
ici !... se prirent à crier M. du Penhoer et Jeannic,
comme s'ils eussent eu affaire à un homme.

Le chien sembla comprendre cet encouragement.
On le vit redoubler d'efforts ; mais tout à coup ses
mouvements se ralentirent, il n'avança plus qu'avec
une peine extrême.

— Il va couler ! s'écria Jeannic.

— Non, il se ranime... Il a passé le ressac... Hop !
hop ! Courage !

Le terre-neuve sembla réunir toutes ses forces ;
il s'élança, prit terre et vint déposer le fardeau qu'il
portait, — un mystérieux objet enveloppé dans
une longue robe blanche, — aux pieds du commandant. Puis il secoua ses longs poils mouillés et fit
entendre un murmure affaibli dans lequel se mêlaient évidemment de plaintifs regrets et une expression de joyeuse satisfaction.

Anne-Marie s'était rapprochée.

— Un enfant ! s'écria-t-elle et, se précipitant,
elle entr'ouvrit les plis de la batiste brodée et mit

à découvert le charmant visage d'une petite fille
de cinq à six mois.

— Pauvre petite, ajouta-t-elle, en déposant un
baiser sur son front.

— Pauvre petite, répétèrent en chœur Jeannic et
le commandant. Celui-ci, qui déjà tendait les bras
pour prendre l'enfant, se recula avec épouvante.

— Trop tard! dit-il... la mort ici aussi a fait son
œuvre.

— Je le crains, monsieur, répliqua tristement
Anne-Marie. Toutefois, si rien n'est aussi frêle que
la vie d'un baby de cet âge, rien non plus ne décon-
certe davantage toutes prévisions.

— Vous espérez donc?

— Je n'espère rien, monsieur; mais je sais qu'il
est plus fréquent de voir revenir à la vie des petits
enfants qu'on croyait perdus que de ranimer des
hommes arrivés au même état d'épuisement...

— D'ailleurs, fit observer Jeannic, le chien, je l'ai
remarqué, n'a cessé de tenir son fardeau hors de
l'eau; je crois pouvoir assurer que la tête n'avait
pas été mouillée avant d'arriver au ressac qui a été
traversé en quelques secondes. Je ne pense donc
pas qu'il puisse y avoir asphyxie complète.

— Du linge sec, de la chaleur, quelques gouttes
de lait tiède vont remettre tout cela, dit presque
gaiement Anne-Marie, qui avait cru sentir un faible

mouvement à travers les plis des vêtements mouillés.

Et elle se dirigea vers la chaumière, emportant l'enfant.

Le commandant la suivit. Il ne pouvait se résigner à remonter chez lui sans avoir la certitude que le baby n'avait pas succombé.

Anne-Marie soigna la pauvre petite créature avec cette intelligente tendresse que le sentiment maternel suggère aux femmes, même quand il s'agit des enfants des autres.

A la grande joie de M. du Penhoer, après un quart d'heure à peine, la petite fille poussa quelques gémissements plaintifs; elle promena ses petites mains sur le visage qui lui souriait, et s'endormit paisiblement sur le sein de sa nourrice improvisée.

M. du Penhoer la prit doucement dans ses bras, l'embrassa avec émotion et la rendant à Anne-Marie :

— C'est un dépôt que nous confie la Providence; nous tâcherons, dit-il, de lui en rendre bon compte. Gardez cette enfant ce soir; demain je redescendrai et nous aviserons à ce qui sera le meilleur pour elle.

Il reprit son caban qu'il avait quitté pour le faire

sécher, et siffla le terre-neuve qui s'était couché près du feu.

Le chien se leva, vint lui lécher la main, mais quand il le vit sortir, au lieu de le suivre, il s'étendit en travers de la porte.

Toutes les caresses du commandant ne purent le déterminer à se lever : il voulait veiller sur le cher trésor qu'il avait sauvé.

IV

La vieille gouvernante du commandant, après une longue veille pleine d'inquiétudes, avait fini par céder au sommeil.

Elle dormait, toujours agenouillée près du feu à demi éteint et rêvait que le dernier des Penhoer, — pour elle, Edouard était comme s'il n'existait pas, — elle rêvait, disons-nous, que le dernier des Penhoer, comme tous ceux de la génération à laquelle il appartenait, venait de périr de mort accidentelle, et elle s'agitait fiévreusement sous le poids de ce cauchemar douloureux, lorsqu'un pas bien connu, le pas de celui qu'elle croyait mort, retentit sur la plate-forme.

Avant que le commandant fût arrivé à la porte et en eût soulevé le massif heurtoir, la fidèle ser-

vante était déjà occupée à retirer la barre qui la
fermait en dedans.

— Seigneur Jésus! comme vous voilà fait! s'écria-
t-elle en lui enlevant son caban de dessus les épaules
et en passant ses doigts dans les mèches ruisse-
lantes de ses cheveux, comme elle le faisait quarante ans auparavant quand il rentrait tout déchiré
et tout mouillé, après quelque aventureuse expédi-
tion à la recherche de moules dans les récifs, ou
d'œufs de mouettes dans les escarpements des falaises.

Et jetant du bois dans le feu, ravivant la lampe,
elle le fit asseoir dans son fauteuil, lui chauffa
des pantoufles et lui servit un bol de grog bouil-
lant.

Pendant que la fidèle gouvernante, avec cette
calme activité qui caractérise certaines femmes et
donne un grand prix à leurs services, s'empressait si
doucement autour de lui qu'il avait à peine conscience de l'agitation qu'il lui causait, le commandant, les yeux à demi fermés, repassait, en son
esprit, tous les événements de la soirée.

Yvonne hasarda une ou deux questions auxquelles
il ne fit pas de réponse et que probablement il
n'entendit même pas.

Accoutumée à respecter les réflexions de son
maître, elle se retira discrètement, marchant sur

2

la pointe des pieds et prenant garde de ne pas heurter les portes.

Les heures se succédèrent sans que le maître du manoir parût se soucier d'aller prendre quelque repos; de temps à autre, machinalement, il allongeait la main, approchait de ses lèvres le bol de grog, en avalait une petite gorgée, replaçait la coupe sur la table et retombait dans ses méditations.

A quoi pensait-il?

Nul n'eût pu le dire; lui-même ne s'en rendait peut-être pas bien compte.

La vie et la mort; l'enfant qu'il venait de recueillir après le désastre qui avait enseveli ses parents et ses amis; cette vie à son début, inconsciente d'elle-même, que les flots avaient respectée, tandis qu'ils se refermaient sur des êtres possédant l'intelligence et la force de leur résister, passaient tour à tour devant ses yeux, lui répétant combien peu de chose est ce que nous appelons énergie, puissance; combien sont vains et insensés les projets, les espérances des hommes.

Parmi ceux qui viennent de s'endormir à jamais dans les profondeurs de l'Océan, il en était sûrement qui peu d'heures auparavant se réjouissaient en songeant qu'ils approchaient du terme de leur voyage... Des parents, des amis, prévenus de leur prochaine arrivée, les attendaient; des préparatifs

de bienvenue, des fêtes de famille étaient disposés
en leur honneur; et à moins, ce qui est peu probable, qu'une épave portant quelque indication bien
distincte ne soit retrouvée, le mystère de leur destinée ne sera jamais, jamais pénétré.

La mer ne rend pas les dépôts qu'elle reçoit, pas
plus que ses abîmes ne trahissent les secrets qui
leur sont confiés.....

Les ténèbres de la nuit avaient fait place aux
premières heures de l'aube, lorsque M. du Penhoer
quitta enfin la salle basse du manoir pour se retirer
dans sa chambre à coucher.

CHAPITRE III

ONDINE

I

Le lendemain matin, huit heures sonnaient lorsque le commandant descendit au rez-de-chaussée, où il trouva Yvonne allant, fort affairée, de la cuisine à la salle à manger et de la salle à manger à la cuisine.

— Vous vous êtes couché fort tard, monsieur; je vous ai entendu monter à votre chambre un peu après six heures, et vous voilà déjà descendu! Je comptais vous monter à déjeuner chez vous.

— Merci, Yvonne. Je me suis levé parce que je ne pouvais dormir et aussi... parce que j'ai à sortir.

— Sortir ce matin par ce temps de brouillard!... De quel côté souffle donc le vent? s'écria la digne gouvernante qui, à l'occasion, aimait à se servir des expressions nautiques familières à son maître.

— Oui, sortir et le plus tôt possible.

— Pas avant de déjeuner, j'espère.

— Si le déjeuner est prêt, je suis tout disposé à y faire honneur. S'il faut attendre, je... mangerai une galette de sarrasin chez Jeannic.

2.

— Une galette de sarrasin ! voilà qui serait bien réconfortant pour un homme qui a passé la nuit presque entière au bord de la mer. Non, non, monsieur, j'ai mieux que cela à votre service et vous n'aurez pas à attendre ; votre couvert est prêt.

Tout en dépliant sa serviette, le commandant, répondant aux regards interrogateurs de la gouvernante, dit avec un soupir :

— Une cruelle nuit, Yvonne !

— Le navire en détresse a-t-il pu s'éloigner de a côte, monsieur ?

— Non.

— Alors, il y a fait naufrage ?

— Il a péri corps et biens.

— Seigneur Jésus !

— Deux créatures vivantes ont seules pu aborder dans la crique.

— Pourquoi ne pas les avoir amenées, monsieur ? Ces pauvres gens auraient été mieux ici que dans la chaumière de Jeannic, où je suppose qu'ils sont restés.

— C'est justement pour aller les chercher que je suis pressé de sortir.

— Est-ce que ce sont des passagers ou des hommes de l'équipage ?

— Ni l'un ni l'autre.

— Monsieur veut se moquer de moi.

— Quand on a eu sous les yeux le spectacle dont j'ai été témoin il y a quelques heures, on n'a pas le cœur à la plaisanterie.

— Mais alors...

— Les survivants du beau trois-mâts qui s'est perdu sur les rochers, au pied du promontoire, sont un chien et un enfant.

— Au moins, monsieur, l'enfant a-t-il dit son nom, celui du bâtiment?

— L'enfant ne parle pas. C'est une petite fille âgée de quelques mois seulement... A propos, Yvonne, que ferons-nous de ce pauvre petit être?

— Ce que nous en ferons, monsieur? une bonne chrétienne, s'il plaît à Dieu! Car j'imagine que vous n'avez pas l'intention de repousser le présent que le ciel vous envoie.

— Le repousser, certes non. Mais peut-être vaudrait-il mieux mettre le baby en nourrice. A votre âge, Yvonne, et aussi au mien, les enfants fatiguent, on est soi-même de tristes compagnons pour eux.

— Voyons, monsieur, sincèrement, est-ce pour vous que vous parlez ainsi?

M. du Penhoer sourit.

— Vous devinez juste, dit-il. Cette petite créature, qui a reposé un instant dans mes bras, s'est déjà emparée d'une partie de mon cœur. Il me semble que, si elle était ici, son sourire, ses larmes même répandraient le mouvement et la vie autour de nous. Mais je ne veux pas vous imposer, à votre âge, la lourde charge de la première éducation d'un enfant.

Yvonne redressa sa taille encore vigoureuse et bien prise.

— C'est-à-dire que vous ne voulez pas que l'hiver de ma vie soit traversé par un gai rayon de soleil, s'écria-t-elle.

Et elle ajouta à demi-voix :

— Avez-vous donc oublié que mon plus cher espoir était de voir vos enfants, de les soigner, de les élever, comme je vous ai élevé et soigné vous-même ? vous m'avez refusé ce bonheur en refusant de vous marier. Voici une occasion de remplir le vide de notre maison, le vide de nos cœurs; ne la laissons pas échapper.

— Vous avez raison, Yvonne, nous devons rendre une famille au pauvre petit être à qui Dieu a retiré la sienne. — Je ne vais plus voir l'enfant, je vais la chercher.

II

Comme si elle avait été apaisée par l'hécatombe humaine qui lui avait été offerte, la tempête, qui avait diminué d'intensité presque immédiatement après le naufrage du trois-mâts, avait fait place, pendant le reste de la nuit, à un calme complet.

Le soleil commençait à percer le brouillard du matin, et tout annonçait une journée magnifique, lorsque le commandant du Penhoer, quittant le manoir, s'engagea dans le chemin qu'il avait si péniblement suivi la veille au soir.

Il arriva bientôt devant la maisonnette de Jeannic; le bruit de ses pas fit sortir le pêcheur et sa femme.

Celle-ci tenait l'enfant dans ses bras.

— Voyez, monsieur, quelle jolie petite fille; elle se porte à merveille et je n'ai jamais vu d'enfant plus caressant et d'humeur plus facile.

M. du Penhoer n'eut pas le temps de répondre. Le chien s'élança vers lui comme pour solliciter ses caresses, et quand il les eut reçues, couché à ses pieds sur le sable qu'il battait de sa queue, il continua à tenir ses yeux fixés sur lui avec une expression qui signifiait évidemment :

— N'ai-je pas bien rempli mon devoir?

Anne-Marie reprit la parole.

— Jeannic et moi, nous avons pensé, monsieur, que, si vous vouliez nous laisser l'enfant, elle remplirait le vide qu'a fait en notre logis le départ de notre dernier-né, de notre Yoric, qui s'est embarqué comme mousse au printemps passé. Je l'élè-

verais de mon mieux, e. nos garçons auraient une
sœur à chérir et à protéger.

— Je vous remercie pour l'enfant, ma bonne
Anne-Marie; mais je ne puis vous la laisser; Yvonne
désire l'avoir au manoir.

Jeannic et sa femme échangèrent un regard
plein de regrets. Ils s'étaient attachés à ce pauvre
petit être que leurs soins avaient rendu à la vie;
cependant ils n'insistèrent pas.

— Cela vaut peut-être mieux comme cela, dit
Anne-Marie; nous n'en pourrions faire qu'une
humble paysanne, et tout indique qu'elle est née
pour être une demoiselle instruite et bien élevée.
Voyez plutôt, monsieur, la belle toile, les merveil-
leuses broderies de ses vêtements; voyez même ce
chaînon qui suspend sur sa poitrine cette petite
croix d'or; on dirait que ç'a été travaillé par les
fées; jamais, ni mon mari ni moi, nous n'avons
rien vu d'aussi délicat!

Tout annonçait, en effet, que l'enfant appartenait à une famille accoutumée aux recherches du
luxe. La beauté du chien venait à l'appui de ce
jugement.

M. du Penhoer prit dans ses bras la petite fille
qui lui souriait comme si, comprenant ce qu'il
avait fait, ce qu'il se proposait de faire encore,
elle voulait l'en remercier.

Il l'embrassa doucement.

— Pauvre enfant! dit-il, ta vie n'a tenu qu'à un fil, et qui sait quels périls, quelles épreuves se rencontreront encore sur ta route! Grandiras-tu auprès du vieux marin, ton père d'adoption, ou retrouveras-tu tes parents? N'auras-tu jamais à regretter d'avoir survécu à la nuit d'épouvante qui t'a ravi ta famille? Mais, qué dis-je! le Dieu de bonté qui t'a sauvée a ses desseins; il sait ce qui convient à chacun de nous; c'est lui qui t'a donnée à moi; et c'est lui aussi que je prends à témoin de ma ferme volonté de ne rien épargner pour te tenir lieu de tout ce que les flots t'ont ravi. Et maintenant, fillette, viens prendre possession de ta nouvelle demeure.

— Permettez, commandant, permettez, s'écria gaiement Anne-Marie. Je veux bien ne pas vous disputer l'enfant; mais j'entends ne vous la donner que chez vous. Vos mains ne sont pas assez accoutumées à manier un si délicat fardeau, et il y a trop loin d'ici au manoir pour que je puisse vous le confier sans crainte.

— Il vaut mieux, en effet, que vous remettiez notre trésor à Yvonne, répliqua en riant M. du Penhoer. Venez aussi, Jeannic; vous dînerez au manoir, et nous souhaiterons ainsi la bienvenue aux deux hôtes nouveaux qu'il va recevoir.

En parlant ainsi, M. du Penhoer flattait de la main et du regard le beau terre-neuve qui, partageant son attention entre l'enfant et le marin, faisait entendre une espèce de murmure de contentement.

III

Au moment où on se dirigeait vers le chemin de la falaise, Jeannic prit la parole :

— Ne pensez-vous pas, commandant, qu'avant de monter au manoir, il ne serait pas utile de visiter le lieu du sinistre ? Peut-être y trouverons-nous quelques débris, quelque indice de nature à mettre sur la trace des parents de l'enfant ; peut-être même pourrons-nous y rencontrer l'occasion de remplir un devoir d'une autre nature...

— Allons, répondit simplement M. du Penhoer.

Pendant que les deux hommes gravissaient la pointe de rocher qui la nuit précédente avait servi d'observatoire au commandant, Anne-Marie rentra chez elle avec l'enfant.

Quelques allonges et quelques planches tenant encore ensemble se montraient au-dessus de l'eau.

L'officier de marine et le pêcheur descendirent du rocher en faisant un long circuit et avec mille précautions. La marée était basse et ils purent arriver très-près de ces débris qui étaient comme en-châssés entre deux pointes de rocher.

C'était tout ce qui restait du malheureux navire. Mâts, vergues, bois et agrès de toute espèce avaient disparu.

Les vagues qui se brisaient avec fureur contre le promontoire avaient en se retirant tout dispersé. Où avaient-elles porté ce qu'elles n'avaient pas brisé? Peut-être sur quelque point voisin de la côte; peut-être bien loin.

Tout ce dont les deux marins purent s'assurer, c'est que le navire n'était pas de construction française et que son tonnage était considérable.

Mais quelle était sa destination, quelle avait été sa cargaison, quels étaient les passagers qui s'y trouvaient? Rien ne permettait d'établir la moindre conjecture à cet égard.

Le linge de l'enfant, marqué L. S., était le seul indice qui pût un jour servir à constater son identité.

Disons immédiatement que le temps s'écoula sans apporter aucun éclaircissement à ce mystère. M. du Penhoer mit tout en œuvre pour découvrir au moins le nom et la nationalité du navire nau-fragé; ses recherches, ses démarches demeurèrent infructueuses.

Mais revenons à Yvonne qui commençait à s'in-

3

quiéter sérieusement, lorsque enfin elle vit apparaî-
tre, gravissant les rampes de la falaise, la blanche
coiffe d'Anne-Marie, suivie du chapeau de son maître et de la longue chevelure plate de Jeannic.

— Les voilà enfin! murmura-t-elle avec un soupir de soulagement, et elle se hâta de rentrer afin
de remettre sur le feu le léger gruau qu'elle avait
préparé pour l'enfant, et que déjà elle avait laissé
refroidir et fait réchauffer une demi-douzaine de
fois.

Bientôt un beau terre-neuve entrait en bondis-
sant dans la salle basse. Anne-Marie et l'enfant suivaient de près.

Yvonne accueillit avec un cri d'admiration la
petite fille qui se laissa prendre et caresser sans
faire la moindre résistance.

Un gentil berceau, conservé comme une relique
en quelque coin mystérieux du manoir, avait été
descendu et préparé par Yvonne. On y déposa le
baby qui sembla s'y trouver à merveille.

Le chien se coucha tout auprès, manifestant, lui
aussi, à sa manière, son contentement.

— Comment s'appelle-t-il? demanda naïvement
la vieille gouvernante.

— Il ne nous l'a pas dit, répondit en riant
M. du Penhoer; mais, à défaut de connaître le nom

qu'il a porté jusqu'à présent, nous lui donnerons celui de *Fidèle*, qu'il a bien mérité.

— Et l'enfant ?

— L'enfant est un trésor que l'Océan nous a donné; nous l'appellerons *Ondine*.

— Ondine! s'écria Yvonne avec une pieuse indignation; mais c'est un nom païen cela, un nom d'elfe ou de fée, qui ne saurait convenir à une honnête chrétienne.

— Aussi sera-ce pour elle un simple surnom, qui n'empêchera pas de lui donner une patronne au ciel.

— A-t-elle été seulement baptisée?

— Il est probable que oui; la croix qu'elle porte au cou indique qu'elle appartient à une famille catholique; cependant j'ai déjà songé à la faire baptiser sous condition.

Je serai son parrain et Anne-Marie sa marraine. Je lui ai déjà choisi deux noms répondant aux initiales marquées sur son linge : *Louise Sauvée*.

CHAPITRE IV

LA JOIE DU FOYER

I

Le temps a marché depuis cette terrible nuit de novembre dont nous avons raconté les émouvantes péripéties.

Ondine est aujourd'hui une charmante enfant de huit ans, aussi heureusement douée sous le rapport moral que sous le rapport physique.

Le grand air et l'exercice ont développé ses forces en même temps que la contemplation de l'immensité des flots a ouvert à sa pensée des horizons fermés d'ordinaire aux enfants de son âge.

Intelligente et dévouée, rien ne lui coûte quand il s'agit de témoigner son affection à son père adoptif ou de se rendre utile, dans la mesure de ses forces, à l'excellente Yvonne.

Sa douceur, son égalité d'humeur, son obéissance empressée et attentive ravissent le commandant et font l'orgueil de la vieille gouvernante, qui ne manque pas d'attribuer ces qualités à l'excellence de son système d'éducation.

Que nos lecteurs ne s'imaginent pas, d'après ce portrait, que notre jeune héroïne soit « une de ces enfants prodiges » ou une de « ces parfaites petites personnes » dont le savoir précoce ou la gravité prématurée ne s'obtiennent qu'au détriment de ce qui fait le charme du jeune âge : la simplicité, la naïveté, le besoin d'air et de mouvement, le gracieux enfantillage que l'éducation doit se proposer pour but de diriger et non de contraindre ou d'étouffer.

Légère comme une sylphide, on la voit le regard toujours joyeux et brillant, le visage revêtu des teintes de la santé, bondir comme un jeune faon sur les rochers du rivage, braver le vent et la pluie et montrer en toute occasion un mépris du danger qui charme le bon commandant.

— Quel dommage, se dit-il parfois, quel dommage que ce soit une fille ! quel marin nous en aurions fait !

Lorsque par aventure Yvonne surprend une de ses exclamations de regret, elle hoche la tête et elle dit en souriant :

— Vous en auriez fait un brave comme vous, je n'en doute pas, monsieur ! Mais un garçon eût-il jamais été pour nous ce qu'est cette chère enfant... Eût-il jamais été comme elle « *la bonne fée de notre logis ?* »

II

Oui, vraiment, Ondine était la fée du manoir, et quelle fée!

Nous doutons que la baguette du puissant enchanteur Merlin ait jamais accompli une transformation plus complète que celle qu'a subie, dans le cours de ces huit années, le triste intérieur dont nous avons esquissé les traits généraux au début de notre récit.

Le mouvement et la vie, amenant avec eux la joie et le bonheur, sont entrés dans cette demeure si triste et si froide.

Même quand, par aventure, il est seul devant la haute cheminée de la salle basse, le commandant ne songe plus à trouver le foyer trop large.

La petite chaise de l'enfant, ce siége qui tient en apparence si peu de place, n'y laisse plus, à ses yeux, aucun vide.

Le haut guéridon est là, juste au même endroit où nous l'avons vu le soir où s'est ouvert notre récit; nous serions prêt à affirmer que les livres et les instruments de précision qui le garnissent sont exactement les mêmes, et cependant son aspect est tout autre. La flamme de la lampe brûle plus joyeusement, les livres n'ont plus la même apparence; les chiffres alignés sur le papier ont perdu leur caractère étrange de calculs menaçants; un rayon de ce mystérieux soleil de l'âme que les nuages les plus épais ne peuvent intercepter, que les frimas de l'hiver ne peuvent refroidir, se joue sans cesse autour de ce foyer béni qu'il illumine du divin reflet de la tendresse et du dévouement.

Le commandant n'est plus cet homme au front plissé, aux pensées mélancoliques, se plaisant à évoquer, pour s'y réfugier, les plus sombres et les plus tristes souvenirs.

Il ne vit plus dans le passé, il jouit du présent, et parfois il se surprend à être presque aussi enfant que la chère petite fée à qui il doit sa vie nouvelle.

Un seul chagrin a marqué cette période. Fidèle, le brave terre-neuve, est mort; le commandant, Yvonne et leurs amis Jeannic et Anne-Marie l'ont presque autant regretté qu'Ondine elle-même.

Son portrait, fait par M. du Penhoer, a été placé dans le trumeau de la cheminée de la salle basse, et jamais la tempête ne souffle au dehors, jamais la mer ne gronde plus fort que de coutume, sans que des regards reconnaissants se tournent vers lui.

CHAPITRE V

PREMIERES LEÇONS

I

Aussi longtemps que notre gracieuse petite fée a été une charmante enfant dont il n'y avait qu'à diriger les premiers pas et à surveiller le développement physique, Yvonne a suppléé admirablement pour elle les soins et la sollicitude maternels.

Il eût été difficile de trouver une gouvernante plus attentive, plus expérimentée et surtout plus dévouée.

Mais tout a changé lorsque l'intelligence de l'enfant a pris l'essor inattendu dont nous parlions tout à l'heure, lorsque se sont manifestées chez elle cette distinction native, cette délicatesse exquise qui font dire à la digne femme :

— Ce n'est plus seulement la finesse des dentelles, la perfection des broderies du costume de l'enfant sauvée qui indiquent à ne s'y point tromper qu'elle appartient à une famille distinguée, c'est elle-même, c'est tout son être qui ne permettent pas d'en douter.

3.

Eprouvant des impressions et des étonnements qu'Yvonne n'a jamais ressentis et qu'elle ne peut comprendre, l'enfant pose des questions auxquelles il lui est impossible de répondre.

Trop scrupuleuse pour induire en erreur cette saine intelligence qui vient à elle avec une si naïve confiance, et, d'autre part, hésitant à avouer son ignorance, Yvonne se tire d'embarras par cet inno-cent détour :

— Je souffre si cruellement de mon rhumatisme, ou je suis si complétement absorbée par tel ou tel souci de ménage, que je ne saurais, ma chère en-fant, vous expliquer cela; demandez-le à M. le ba-ron quand il rentrera.

Et Ondine, classant dans sa petite tête les ques-tions qu'elle a à poser à son père d'adoption, ap-prend ainsi à mettre de l'ordre dans ses pensées; elle réfléchit plus sérieusement qu'on n'a coutume de le faire dans l'enfance, et ce travail de l'esprit a pour le présent, et procurera dans l'avenir, d'im-menses avantages.

Dès l'abord la curiosité incessante de la petite fille a amusé le commandant, puis elle l'a intéressé, et enfin elle le préoccupe vivement.

Ondine n'a au monde d'autre ami que lui, et, se-lon toute probabilité, elle le perdra juste au moment où elle aura le plus besoin de ses conseils et de sa

surveillance : « Au moment où le cœur se révolte
contre la tête et renverse trop souvent la dynastie
de la raison. »

Toutes les difficultés de la tâche qu'il s'est imposée, — une éducation de jeune fille, — se présen-
tent à lui et, loin de chercher à se les dissimuler,
peut-être se les exagère-t-il. Mais pour cela il ne se
rebute ni ne se repent.

La responsabilité qui lui incombe, pour si grande
qu'elle lui apparaît, ne l'effraye pas.

Mais il se dit qu'entreprise en dehors de toutes
les conditions ordinaires, cette éducation doit avoir
des bases d'autant plus solides.

Il faut faire entrer dans ce cœur, qui à l'heure
du danger n'aura pas le cœur d'une mère pour
confident et appui, assez de force et d'énergie pour
qu'il puisse sortir victorieux de la lutte, quelque
rude et prolongée que soit cette lutte.

Il faut élever assez haut cette intelligence pour
que les petites frivolités de la vie féminine, telle
qu'elle est trop généralement comprise, n'y aient
point d'accès.

Il faut surtout conquérir la confiance absolue de
cette âme qui s'ignore encore elle-même et dont il
importe de surprendre, pour les diriger, les premières impressions.

Éloigné tout jeune du foyer paterne où il n'est

revenu se fixer qu'après que tous les autres membres de la famille l'ont eu quitté, M. du Penhoer ne pouvait avoir qu'une idée très-vague de la façon dont on s'y prend pour élever les petites filles.

Il était très-ignorant en fait de systèmes d'éducation et ne connaissait, même pas de nom, les méthodes d'enseignement les plus prônées.

Disons, d'ailleurs, que toutes ces questions lui importent peu. Convaincu qu'on apprend beaucoup plus et beaucoup mieux à un enfant par la conversation que par aucun autre mode d'enseignement, il n'a voulu enseigner à Ondine, pendant les six premières années de sa vie, que les lettres de l'alphabet.

Ce n'est qu'à sa demande et lorsqu'il a vu que son désir de s'instruire était sérieux et persévérant, qu'il lui a enseigné à lire.

Il avait compris qu'à six ou sept ans, un enfant désirant s'instruire avance bien plus rapidement et avec bien moins de peine qu'un autre enfant qu'on force plus jeune à étudier contre son gré, et sans qu'il se rende compte du prix de l'instruction.

Peut-on pour cela accuser M. du Penhoer d'avoir négligé le développement intellectuel de sa fille d'adoption ?

Loin de là : s'appuyant sur un principe qui a prévalu depuis et prévalu au point que nous le voyons en vigueur, sous le nom de *leçons de choses*, dans nos salles d'asile et dans beaucoup de nos écoles populaires, il a fait en sorte que, dès le berceau, l'enfant, s'accoutumant à se rendre compte de tout ce qui frappait ses regards, logeât ainsi le plus de faits et d'idées possible dans son petit cerveau.

II

Par suite de ce procédé si naturel qu'on ne peut guère lui donner le nom de méthode, Ondine, qui à six ans n'avait encore ouvert de livre que pour apprendre le nom et la forme des lettres de l'alphabet, possède à huit ans plus de connaissances utiles et générales que n'en ont la plupart des enfants de douze à treize ans.

Pétulante et raisonnable tout à la fois, on la voit, semblable par son activité à un feu follet, courir de chambre en chambre dans le vieux manoir et, comme si elle possédait le don d'ubiquité, se montrer partout à la fois, en ce sens que chaque endroit où elle passe, retenant quelque chose de l'animation qu'elle y a apportée, conserve encore le reflet de sa présence bien après qu'elle l'a quitté.

Et partout son esprit observateur, trouvant matière à s'exercer, reçoit quelque impression utile, s'enrichit de quelque connaissance inattendue.

— *Pourquoi?...*

Ce simple mot est gravé en quelque sorte sur ses lèvres roses et provoque sans cesse de la part du commandant un :

— *Parce que*, si bien adapté à l'âge, à l'intelligence de la gentille questionneuse, que rien n'est perdu pour elle de l'explication donnée.

Et ainsi une véritable petite encyclopédie s'imprime dans cette jeune intelligence. Sans quitter le manoir isolé, sans s'éloigner du promontoire perdu sur cette côte avancée, qui a mérité au département dans lequel elle est située le nom caractéristique de « Finistère, » Ondine voyage sans cesse d'un pôle à l'autre.

Elle apprend à connaître les produits de toutes les parties du monde, elle se rend compte de la composition de tous les objets dont elle se sert, et, par suite, après avoir admiré et béni la puissance et la bonté du souverain créateur des matières premières que l'industrie humaine met en œuvre pour pourvoir à l'existence et assurer le bien-être de chacun de nous, elle se sent reconnaissante envers ceux qui travaillent pour elle, aussi bien pour l'Indien qui poursuit dans les solitudes de l'Amérique du Nord les animaux dont les moelleuses fourrures la garantissent du froid pendant l'hiver ; aussi bien pour le nègre dont les sueurs arrosent les plantations de caféiers et de cannes à sucre qui lui fournissent son déjeuner, que pour le modeste paysan qui trace le sillon où germe le blé, où mûrit l'épi qui lui fournit « ce *pain quotidien* » que chaque jour nous demandons à « *notre Père qui est aux cieux.* »

Et ainsi cette enfant, sachant encore à peine lire, apprécie ce que tant d'hommes faits méconnaissent : la solidarité qui, à des centaines, à des milliers de lieues de distance, unit des êtres qui ne se connaîtront jamais, et dont l'existence cependant s'enchaîne et se complète, si l'on peut ainsi parler, par un échange de services réciproques.

Elle comprend que l'homme ne peut pas se suffire à lui-même et que, pour si simple que soit son existence, des centaines d'autres hommes doivent contribuer à satisfaire ses besoins.

A elle seule la salle basse du manoir peut presque à l'infini servir de sujet à ces « leçons de choses, » que l'on ne saurait trop multiplier, non-seulement pour l'enfant, mais pour l'homme à tous les âges.

Et cependant cette pièce, où vivent presque constamment le commandant et sa fille adoptive, est des plus simples.

Au milieu, sur un grand tapis apporté de l'Inde

par le commandant, une table massive de chêne
noir entourée de chaises non moins massives.

Près de la haute cheminée, un fauteuil d'acajou
garni de tapisserie, et le guéridon chargé de livres
et de tout ce qui est nécessaire pour écrire, dont
nous avons déjà parlé à plusieurs reprises.

Dans le foyer, des chenets de fer brillant comme
de l'acier et, pendant au moins huit mois de l'année, un feu bien entretenu.

Sur la cheminée, toutes sortes de coquillages et
de chinoiseries, venus de tous les coins du monde,
se réfléchissent dans un miroir de Venise à encadre-
ment de cuivre ouvragé.

Contre le mur deux crédences se font face avec
leurs vieilles faïences et leurs verreries aux formes
bizarres; à droite de la cheminée, un buffet à trois
étages; à gauche, une antique horloge.

Entre ces gros meubles quelques armes curieuses
disposées en trophées, quelques portraits d'ancêtres
regardant, du haut de leur cadre, les ébats de la
joyeuse enfant et paraissant lui sourire.

Enfin d'épais rideaux de laine, tirés le soir venu,
devant les hautes fenêtres, donnent à la pièce un
aspect à la fois imposant et confortable.

Qui pourrait dire tous les enseignements donnés
par ces objets muets par eux-mêmes, mais dont le
commandant sait si bien se faire l'interprète!

Le tapis, par exemple, grâce au chanvre qui en compose la chaîne, conduit Ondine et son guide dans le Nord, et les amène à parler des habitants et des productions des contrées septentrionales où le chanvre et le lin constituent une des principales richesses agricoles.

La laine qui forme la trame de ce même tapis donne lieu à des entretiens sur les animaux qui la produisent, sur les moyens de la faire servir à l'usage de l'homme, sur les peuples pasteurs, soit sédentaires, soit nomades ; les couleurs dont cette laine est teinte, les dessins formés par les différentes dispositions des couleurs, donnent occasion à une multitude de détails sur les arts et les manufactures ; le pays enfin où a été fait ce travail transporte l'enfant attentive au sein d'une nature et de mœurs toutes différentes de celles qui frappent chaque jour sa vue.

Si la table de chêne retient l'enfant et son conducteur dans notre vieille Gaule, et leur fait faire de curieuses excursions dans les forêts druidiques, où se cueillait le gui sacré, où s'accomplissaient les rites sanglants du culte de Teutatès ; le fauteuil d'acajou est une voiture magique qui les transporte en un instant sous la zone torride, dont la végétation luxuriante, les fleurs, les fruits merveilleux et surtout les oiseaux à l'éclatant plumage fournissent à M. du Penhoër un sujet d'inépuisables et intéressants récits.

Un certain petit vase de porcelaine qu'Ondine ne se lasse pas d'admirer contient à lui seul les éléments d'un voyage complet autour du monde.

On va d'abord tout droit en Chine, où il a été fabriqué avec cette patiente perfection de détails que les habitants du Céleste Empire mettent à façonner tout ce qu'ils touchent. L'éléphant qui y est peint amène naturellement à parler de l'Inde, et le cornac noir qui le conduit force à relâcher sur les côtes de l'Afrique occidentale.

L'argent, le cuivre, le fer, employés dans l'ameublement de la pièce ou dans le service de la table, amènent la conversation sur les métaux, leur fonte et leurs usages.

Au sujet du linge et des vêtements, le commandant fait tour à tour passer devant l'imagination ravie de l'intelligente petite fille la gousse du cotonnier, le cocon du ver à soie, la toison de la brebis, le poil soyeux de la chèvre de Cachemire, l'épaisse fourrure du castor et de la loutre.

Puis, pénétrant dans l'immense manufacture où tous ces produits se travaillent sur une vaste échelle, ou dans l'humble logis de l'ouvrier en chambre, il lui explique les différents modes de fabrication employés par l'industrie pour utiliser ces

matières premières et en tirer les modestes ou splen-
dides étoffes dont sont faits nos vêtements.

Les mets servis sur la sable, depuis l'humble
bouchée de pain jusqu'aux pâtisseries les plus re-
cherchées, depuis le beurre fourni par le lait de la
vache qu'Ondine aime à voir traire jusqu'aux épices
venues de si loin par delà l'Océan, donnent lieu à
des explications non moins intéressantes.

Grâce à ce système ingénieux, Ondine, sans sortir du vieux manoir, parcourt presque chaque jour
l'univers entier.

III

Ainsi se sont écoulées plusieurs années; mais un
moment est venu où, malgré tous les soins qu'il apporte à l'instruction de sa fille adoptive et quelque
satisfaisants qu'aient été les résultats de ses soins,
M. du Penhoer ne peut plus se faire d'illusions sur
ce que cette éducation a encore sinon de défec-
tueux, du moins d'incomplet.

Il comprend qu'il faut à une jeune fille un
genre d'éducation qu'il se sent impuissant à
donner.

Comment, par exemple, suppléer à ce pieux
enseignement qui passe de l'âme de la mère dans
l'âme de sa fille, qu'elle lui inocule en quelque sorte

jour par jour à partir du premier instant où l'enfant est capable de sentir et de comprendre, et qui a pour résultats ces principes solides qui sont l'honneur de la femme et la gloire de la famille?

Comment éviter qu'en grandissant Ondine prenne ces allures trop décidées, ce dédain de l'opinion et parfois même de certaines convenances qui font immédiatement reconnaître la femme dont une influence féminine n'a pas, dans les premières années de la vie, réglé les impressions, adouci les manières, afin, si l'on peut ainsi parler, de polir les aspérités de son caractère?

Un moment il a l'idée de placer l'enfant dans un couvent. Il en parle à Yvonne, qui se récrie :

— Ondine est la joie du foyer; elle en est le bon génie, et ce serait en vérité offenser la Providence que d'éloigner le précieux trésor apporté par elle.

— C'est Dieu qui nous l'a donnée, conclut-elle; or, on ne repousse pas impunément les dons de Dieu.

Ce raisonnement qui s'efforce de rendre le ciel complice d'un sentiment d'affectueux égoïsme fait sourire M. du Penhoer.

— Ainsi donc, à votre avis, ma chère Yvonne...

— A mon avis, monsieur, nous devons garder auprès de nous notre mignonne petite fée! seulement il est temps, je crois, de placer à côté ou

plutôt au-dessus de toutes les belles et bonnes choses que, sans que la chère enfant, ni vous peut-être,
monsieur, y songiez, vous lui apprenez, l'enseignement plus important de la religion.

— Mais je ne laisse jamais échapper l'occasion
de parler de la bonté, de la puissance de Dieu;
du devoir que nous avons tous de l'adorer, de l'aimer, de le servir, de telle sorte qu'Ondine est aussi
bonne chrétienne que puisse l'être un enfant de
son âge.

— Elle est pieuse comme une petite sainte, et
quand elle récite ses prières je suis portée à croire
que c'est un ange qui parle au bon Dieu. Mais il
me semble, monsieur, qu'il faut que la piété se
fonde, non pas seulement sur le sentiment,
mais sur la connaissance de la religion... Il est
temps, croyez-moi, qu'Ondine apprenne son catéchisme.

— Vous savez, Yvonne, que j'adhère fermement
à tout ce que croit et enseigne la religion catholique dans laquelle j'ai été élevé et j'ai toujours
vécu. Cependant, je dois l'avouer, depuis bien des
années, le courant de la vie m'a entraîné vers des
études et des préoccupations qui ont laissé si peu
de place dans mon esprit pour les questions reli-
gieuses, qu'il me serait difficile d'expliquer le catéchisme à Ondine. Ses questions pourraient m'em-

barrasser ; or, je pense qu'il ne serait pas bon qu'elle me trouvât ignorant en semblable matière.

— Ah! monsieur, ou vous voulez vous amuser à mes dépens, ou vous vous calomniez vous-même en disant que vous n'en savez pas assez pour expliquer *notre Credo* à une petite fille... Si cela était, à quoi vous aurait donc servi de passer les trois quarts de votre vie à lire de gros livres?

Le commandant soupira. La naïveté bretonne de la vieille servante entra comme une flèche aiguë dans son cœur. Il ne répondit pas, et Yvonne, qui craignit de l'avoir offensé, garda également le silence.

Quelques jours plus tard, M. du Penhoer recevait par la poste un petit livre qu'il avait demandé à un libraire de Quimper.

C'était un catéchisme.

Il le remit à Yvonne.

—Faites le apprendre à Ondine, lui dit-il; vous êtes plus capable et surtout plus digne de remplir cette mission que moi, quelque savant que vous me supposiez d'ailleurs.

IV

Le soir du même jour, au moment où le soleil, prêt à disparaître de notre hémisphère, semblait con-

centrer tous ses feux pour illuminer l'horizon,
Yvonne, assise sur la pointe la plus avancée du promontoire, se disposait à donner à Ondine sa première leçon de catéchisme.

Pendant qu'elle cherche dans le volume avec
cette lenteur respectueuse que les personnes peu
familiarisées avec l'étude apportent à feuilleter un
livre, la petite fille contemple, immobile et les
mains jointes, le splendide spectacle qui se déroule
devant elle.

— Que c'est beau ! s'écrie-t-elle tout à coup.

— Oui, bien beau ! réplique Yvonne.

Et elles gardent toutes deux le silence pendant
quelques instants.

— Vous savez, n'est-ce pas, qui a créé toutes ces
magnifiques choses ?

— Certes, oui, papa me l'a dit bien souvent. C'est
Dieu qui a créé le ciel, la terre, la mer et toutes les
créatures qui y habitent.

— C'est fort bien. Mais me direz-vous aussi ce
que c'est que Dieu ?

L'enfant réfléchit un moment.

— Dieu est partout, et il voit tout ; c'est lui qui
a fait et qui conserve toutes choses ; mais ce qu'il
est lui-même, je n'ai jamais pensé à le demander...
Je voudrais cependant bien le savoir.

— Je puis vous le dire, ou plutôt, ma chère enfant, voilà un petit livre qui vous le dira et qui, si vous l'étudiez avec attention, vous enseignera bien d'autres choses encore.

— Par exemple!

— Il vous apprendra ce que Dieu a fait pour vous et ce qu'en retour il veut que vous fassiez pour lui; il vous tracera le chemin que vous devez suivre pour être heureuse dans cette vie et dans l'autre.

— Me dira-t-il aussi ce que je dois faire afin que papa et vous, ma bonne, vous soyez heureux?

— Oui, mon enfant; car rien ne peut contribuer à notre bonheur autant que de vous voir posséder les qualités dont il vous donnera le secret.

Obéissant à un de ces élans du cœur qui lui étaient familiers, Ondine prit le livre des mains d'Yvonne et, après l'avoir pressé sur ses lèvres, elle jeta ses bras autour du cou d'Yvonne :

— Voulez-vous m'aider à l'apprendre bien vite tout entier ce cher petit livre? lui dit-elle avec cette inflexion caressante qui rendait sa parole irrésistible.

Yvonne lui rendit son affectueuse étreinte et, le livre ouvert sur ses genoux, elle lui fit lire la réponse à cette première question qu'elle avait déjà formulée :

— Qu'est-ce que Dieu?

— Dieu est un pur esprit.....

— Qu'est-ce qu'un pur esprit, ma bonne? interrompit l'enfant en reportant du livre sur Yvonne son regard attentif.

— Voilà déjà les « *pourquoi* » dont parlait le commandant, se dit Yvonne.

Et, s'empressant de répondre à la question d'Ondine, elle le fit avec les termes mêmes du catéchisme, termes clairs et concis qu'un savant n'eût peut-être pas trouvés, mais que la plus humble paysanne apprend, sinon sur les bancs de l'école, du moins à l'église, sur ceux du catéchisme.

Cette première leçon fut renouvelée chaque jour et, grâce aux « pourquoi » qu'Ondine ne ménageait pas, grâce aux explications naïves que suggérait à Yvonne la simplicité de sa foi, cet enseignement fit pénétrer dans l'intelligence et dans le cœur de l'enfant une lumière pour le moins aussi éclatante que les rayons de feu et de pourpre qui, pendant ce brillant été, chaque soir à l'heure où commençait la leçon, se réfléchissaient dans les eaux profondes de l'Océan.

V

Deux autres années sont allées rejoindre dans le gouffre du temps leurs devancières ; Ondine approche de sa onzième année.

Elle sait par cœur « tout le cher petit livre » demandé pour elle à Quimper ; elle fait mieux encore que d'en savoir la lettre, elle en comprend les grands enseignements, elle les met en pratique et les applique aux besoins de sa vie spirituelle avec une intelligence et une fermeté vraiment dignes d'admiration.

Ainsi que le lui a promis Yvonne dès la première leçon, « elle sait par qui et pourquoi elle a été créée, » et rien ne lui coûte pour témoigner à Dieu sa reconnaissance et pour se rendre digne d'un si grand bienfait.

M. du Penhoer a été bien inspiré quand il a confié à Yvonne cette partie si essentielle de l'éducation de la jeune fille.

L'élément féminin qui faisait défaut à cette éducation y a été introduit par l'enseignement de la morale chrétienne, laquelle, en passant par les lèvres d'une femme vraiment pieuse, peut s'élever bien au-dessus de la portée intellectuelle de cette femme.

Résultat vraiment admirable ! Incapable en dehors de tout ce qui se rapporte à la religion de former une jeune fille de la condition d'Ondine, de lui enseigner ce langage mesuré et élégant, ces manières aisées et bienveillantes, cette appréciation en quelque sorte instinctive des convenances qui sont les traits caractéristiques de ce qu'on est convenu d'appeler « *la haute éducation*, » Yvonne, en pénétrant le cœur de l'enfant du sentiment de la vraie piété, y a fait entrer la notion exacte et juste de tout ce qui est bon et bien.

Cette jeune âme, ainsi éclairée par l'esprit même du christianisme, a suppléé à ce qui a pu manquer aux explications de son institutrice et, de déductions en déductions, en est arrivée à appliquer à ce que sa position sociale réclame d'elle les leçons « de ce petit livre, » plus cher et plus précieux pour elle à mesure qu'elle en a mieux compris la divine portée.

Ah! combien s'est réalisée pour elle cette grande vérité :

« La piété est bonne à tout ; elle peut tout ! »

VI

Le recteur de Penhoer n'a pas été étranger, hâtons-nous de le constater, à cette heureuse éducation de l'âme. M. du Penhoer l'avait presque dès le début associé à l'œuvre d'Yvonne, bien qu'à vrai dire il comptât peu sur son aptitude en pareille matière.

L'abbé du Kosquer avait vieilli dans les fonctions du saint ministère, bornant toute son ambition à vivre au milieu du petit troupeau placé sous sa garde, dès son début dans le sacerdoce.

Depuis sa sortie du séminaire, c'est-à-dire quelque quarante ans avant le jour où M. du Penhoer lui présenta, pour être baptisée sous condition, l'enfant apportée par la tempête, il n'avait à de rares intervalles quitté son presbytère que pour aller assister aux retraites diocésaines.

Les quelques familles de coquetiers, de pêcheurs et de métayers qui formaient son troupeau concentraient tout son intérêt, toutes ses pensées; sa paroisse était son univers; en dehors d'elle, il ne désirait rien, ne se préoccupait de rien. Conduire à Dieu les âmes qui lui avaient été confiées était sa suprême ambition, et si, à cette pieuse sollicitude se mêlaient parfois d'autres préoccupations, c'était quand il s'agissait de soulager quelques souffrances physiques, quelque misère matérielle d'un de ses paroissiens.

En ces occasions, malheureusement assez fréquentes, l'abbé du Kosquer savait où trouver un cœur toujours sympathique, une bourse toujours ouverte.

Bien qu'il fût loin de posséder la fortune de ses aïeux, M. du Penhoer avait conservé l'antique tradition de sa famille: la charité était le seul luxe que le manoir eût gardé. Son maître n'hésitait pas

au besoin à se priver de ce qui est considéré généralement comme le strict nécessaire, mais pour rien
au monde il n'eût consenti à se priver du bonheur
de sécher une larme, de mettre fin à une angoisse,
causées par la misère.

Le recteur le savait, et son unique souci était d'a-
buser d'une générosité qui pouvait, pour peu que
l'occasion aidât, aller jusqu'à l'imprudence.

Sur le terrain de la charité et du dévouement ces
deux hommes, tous deux de vieille et noble race,
s'entendaient à merveille; mais, hors de là, rien dans
leur manière de voir et de sentir n'était fait pour
les rapprocher.

M. du Penhoer avait beaucoup étudié, beaucoup
vu; il y avait en lui du savant et de l'artiste. Il se
sentait supérieur par l'intelligence à tout ce qui
l'entourait, et, d'autre part, les préjugés de race le
portaient à se tenir à distance de ceux-là même auxquels il s'intéressait le plus.

L'abbé, au contraire, suivant à la lettre les pré-
ceptes donnés par le divin Maître, se faisait petit
avec les petits et humble avec les humbles. Doué
d'une intelligence supérieure, ayant fait de sérieuses
études, il avait appliqué la première à pénétrer, pour
les diminuer, les besoins de ses ouailles, et subor-
donné son amour pour les secondes aux devoirs de
sa sainte profession.

4.

Réprimant avec soin les saillies de son esprit, réservant pour lui seul le secret de sa profonde instruction, d'une extrême simplicité de vie et d'une singulière naïveté de sentiments et de langage, le bon abbé ne pouvait s'empêcher de redouter un peu le fier officier de marine qui, de son côté, et tout en appréciant les rares qualités du recteur, le plaçait de beaucoup au-dessous de sa valeur réelle en tant qu'intelligence et savoir.

De là, à côté d'une grande et réciproque estime, une froideur dans les relations que ni l'un ni l'autre ne cherchait à modifier.

M. du Penhoer ne manquait jamais d'assister le dimanche à l'office de la paroisse. A la sortie de la messe il s'arrangeait de façon à échanger quelques paroles polies avec le recteur, qui, sauf les occasions où il avait à plaider la cause de quelques malheureux, faisait au manoir deux ou trois visites par an, visites exactement rendues par le commandant.

Mais du jour où, après une des leçons d'Yvonne, Ondine adressa à son père un de ces terribles *pourquoi* que M. du Penhoer, on s'en souvient, avait si fort redoutés, les relations entre les habitants du manoir et du presbytère changèrent subitement.

Prié de concourir à l'instruction religieuse d'Ondine, le digne recteur se mit entièrement à la disposition du commandant. Des visites presque journalières furent échangées, pendant lesquelles M. du Penhoer s'aperçut avec étonnement des trésors de sagesse, d'expérience et même de savoir qui se cachaient sous la naïve bonhomie du vieux prêtre.

Elevé au milieu d'une famille nombreuse par une mère qui était à tous égards une femme supérieure, l'abbé, qui avait gardé le culte du foyer domestique, possédait le précieux talent d'appliquer à la vie pratique l'enseignement des vertus chrétiennes.

Sa voix avait des intonations presque maternelles quand, parlant par exemple des vertus de l'auguste Mère de Dieu, il traçait le portrait de Marie et la présentait comme un type parfait à étudier et à reproduire.

Il insistait sur le respect qui, des choses de Dieu, doit se porter sur tout ce que Dieu a créé, en commençant par soi-même et en s'étendant jusque sur les êtres les plus infimes.

Il dépeignait en traits de feu le pouvoir de la charité, ses ingénieuses industries, ses admirables inspirations. L'amour chrétien, disait-il, embrasse tout; il anime, il féconde tout, depuis le foyer de la famille où il apaise les dissentiments des caractères, où il fait naître et entretient la paix et le bonheur, jusque auprès du grabat le plus abandonné, où il apporte le secours, la consolation, et toutes les bénédictions du ciel.

— Être pieuse, disait-il encore, c'est pour une jeune fille se montrer sans cesse douce, modeste, bienveillante à tous... C'est parler et se taire à propos, évitant également de blesser autrui et de se nuire à soi-même par étourderie ou par trop grande promptitude de paroles. C'est agir en tout et toujours avec cette modération que Notre-Seigneur a préconisée quand il a dit: « *Apprenez de moi que je suis doux et humble de cœur.........* » C'est veiller sans cesse sur ses pensées, sur ses actions, sur ses paroles, afin de les maintenir dans l'ordre et dans la mesure qui les doivent régler......... C'est subordonner ses goûts et ses désirs aux goûts et aux désirs de ceux qui nous entourent..... C'est enfin ne chercher, ne désirer d'autre bonheur que celui qui se trouve dans l'accomplissement du devoir.....

Comme les fraîches rosées de mai qui pénètrent la terre et font germer toutes semences avec une si merveilleuse activité que le poëte a pu dire qu'en ces jours bénis on *entend croître l'herbe,* la parole du vieux prêtre exerçait sur l'âme d'Ondine une merveilleuse influence.

A l'exemple du divin Enfant de Nazareth, elle croissait, non plus seulement en âge et en intelligence, mais en grâce et en sagesse.

De son côté, le commandant se sentait chaque

jour plus fortement attiré vers l'abbé, qu'il se reprochait d'avoir trop longtemps négligé.

— Comment, se disait-il, ai-je pu vivre pendant tant d'années près de cette âme d'élite sans soupçonner sa valeur?

Et s'efforçant de réparer ce qu'il appelait « sa longue injustice, » il multipliait les avances de telle sorte qu'en dépit de l'extrême timidité du bon recteur, la glace fut bientôt entièrement rompue, au grand avantage des deux voisins et à celui plus grand encore d'Ondine, qui, en outre de la sage direction donnée à son esprit, trouva ainsi la fréquente occasion d'exercer une des plus importantes missions de la femme, celle de maîtresse de maison.

CHAPITRE VI

PREOCCUPATIONS D'AVENIR

I

Notre « chère petite fée » a franchi la barrière qui sépare l'enfance de la jeunesse; sa première communion est faite et la voici qui entre de plain-pied dans le positif de la vie.

Nous la retrouvons, par une belle après-midi d'automne, sur la pente escarpée où nous l'avons vue demander à Yvonne, après avoir contemplé les splendeurs du soleil couchant :

— Qu'est-ce que Dieu?

Aujourd'hui elle n'a plus de *pourquoi* à adresser à la vieille gouvernante. Les rôles sont changés; c'est à elle à protéger, à encourager; ce n'est plus sur les genoux d'Yvonne que le livre qui parle de Dieu est ouvert, c'est entre les mains de la jeune fille qu'il est placé.

Ce livre n'est pas un catéchisme, c'est une *Imitation;* ce n'est pas l'enseignement de la doctrine de Jésus-Christ qui occupe les deux femmes, ce sont les motifs de consolation et d'espérance où se re-

trempe le chrétien parvenu au terme de sa carrière.

L'âge a eu enfin raison de la forte constitution d'Yvonne, deux attaques sont venues à quelques mois de distance courber sa taille vigoureuse
et affaiblir ses membres. C'est à peine si, à l'aide
du bras d'Ondine, elle peut encore venir chaque
jour s'asseoir à sa place favorite.

Une troisième attaque sera mortelle ; elle le sait
et ne s'en effraye pas. Pourquoi craindrait-elle la
mort? N'a-t-elle pas toujours aimé et servi Dieu?

— Ah! si ce n'était sa chère Ondine qui a encore
si grand besoin d'elle! si ce n'était le commandant
pour qui elle est la dernière personnification du
passé, elle serait désireuse de voir approcher le
terme de son pèlerinage!... Plus heureuse que tant
d'autres, elle n'a, en ce qui la concerne personnelle-
ment, que des actions de grâces à rendre à Dieu. La
souffrance l'a rarement atteinte, et jamais la paix
de son âme n'a été troublée! Elle n'a connu le chagrin que par le malheur d'autrui; mais ce malheur
a été bien persistant, bien impitoyable ; que de coups
il a frappés autour d'elle..... que d'êtres respectés et chéris l'attendent là-haut... Que d'êtres dont
l'existence a été tranchée brusquement, tandis que
la sienne se prolonge dans la paix et la joie.

Le regard tour à tour perdu dans l'immensité de

l'Océan, tour à tour fixé sur les traits amaigris d'Yvonne, Ondine recueille avec une respectueuse déférence les paroles de la pieuse femme !

Quand elle arrivera au terme de sa carrière aura-t-elle les mêmes motifs de tranquillité et d'espérance ?

— Oui, s'il plaît à Dieu, car elle est résolue à marcher courageusement dans cette voie du devoir si fidèlement suivie par Yvonne.

Mais le soleil descend à l'horizon, la brise fraîchit, il faut rentrer.

Ondine soutient la vieille servante et dirige sa marche chancelante. On regagne lentement le manoir où une jeune villageoise, nièce de Jeannic, a remplacé Yvonne dans les travaux domestiques.

Toutefois la vraie ménagère, ce n'est point la jeune paysanne, c'est Ondine.

Yvonne a conservé juste assez d'initiative pour suivre avec une légitime fierté les agissements de la gentille maîtresse de maison qu'elle a, dit-elle, si bien formée qu'il lui semble se voir revivre en sa personne, sauf cependant, ajoute-t-elle avec une modestie qui fait sourire le commandant, qu'elle n'a jamais été à beaucoup près aussi gracieuse et charmante que « la mignonne petite fée. »

En réalité, la jeune fille a, dans la conduite du

ménage, laissé bien loin en arrière la vieille gouvernante.

Reportant sur les choses usuelles de la vie l'esprit d'observation et de méthode que son éducation
a si admirablement développé, sans rien boulever-
ser, sans même avoir l'air de rien changer, elle a, en
réalité, tout réformé.

L'économie un peu mesquine d'Yvonne, sa manie
de marchander chaque objet, de réduire le prix du
moindre travail, a fait place à une épargne mieux
entendue et plus productive.

La lésinerie est bannie du manoir; les petites dis-
cussions, les fatigantes taquineries en ont disparu.

Ondine s'est appliquée à connaître la valeur
exacte de chaque chose; fermement décidée à
ne pas se laisser tromper, elle s'est expliquée une fois
pour toutes à cet égard avec les personnes qu'elle
emploie: fournisseurs et ouvriers. Tous savent
qu'elle désire n'avoir pas de prix à débattre et tous,
se conformant à ce désir, énoncent immédiatement
la valeur réelle et raisonnable qu'elle solde immédiatement et sans marchander.

Ce système « *du prix fixe,* » qui tend à prévaloir
dans certains commerces, mais qui malheureusement n'a pas encore été adopté pour ce qu'on appelle en termes de ménage « le marché, » n'existait pas encore à l'époque où le jugement droit et

pratique d'Ondine l'introduisit chez son père adoptif.

Yvonne commença par se récrier très-fort. Payer à un pêcheur, à un coquetier, le prix exact qu'il réclame !... Ne pas débattre avec le maçon, avec le terrassier les heures de journée et les matériaux fournis ! En vérité, c'était vouloir se faire voler en plein bois ! Et si toute autre que « la petite fée » se fût avisée d'introduire au logis une aussi audacieuse révolution, la digne femme ne l'eût jamais permis.

Mais Ondine avait le secret de faire tout plier à sa volonté.

Ce qu'elle faisait était si sagement raisonné, elle mettait tant de douceur dans ses moyens de persuasion et si peu d'entêtement dans ses résolutions quand on pouvait lui prouver qu'elle se trompait, qu'Yvonne elle-même, Yvonne, dont l'opiniâtreté bretonne eût donné raison au proverbe lors même qu'il n'eût pu s'appuyer sur aucune autre preuve, était forcément amenée à céder, — ce qui n'arrivait, hâtons-nous de le dire, que pour les choses sérieuses, Ondine ayant pour principe de ne jamais insister pour les minuties, — était, dis-je, forcément amenée à céder chaque fois que « la chère petite fée » avait décidé qu'il fallait faire ou ne pas faire une chose.

II

Quand il fut bien établi qu'au manoir on·payait raisonnablement tout ce qu'on achetait, mais qu'on entendait n'être jamais surfait, tout y alla de soi, si paisiblement et avec une si grande économie de temps, une si grande sécurité comme qualité et valeur des différents objets, qu'un enfant eût pu, sous ce rapport, gouverner la maison.

C'est à ce but que tendait Ondine, qui, ayant constamment vécu auprès d'un homme d'un caractère élevé, avait été accoutumée à apprécier à sa juste valeur le prix du temps et à redouter par-dessus tout d'en gaspiller la plus petite partie dans ces débats oiseux, dont un des plus regrettables inconvénients est de rendre un intérieur insupportable aux esprits sérieux.

Tout ce qui était vulgaire froissait ses instincts naturels ; aussi avait-elle le talent précieux d'écarter la vulgarité des soins, des occupations les plus simples.

Elle voyait tout, veillait à tout, et au besoin mettait la main à tout, sans que jamais aucun de ceux qui l'entouraient, ou qui pouvaient la surprendre, fût tenté de méconnaître en elle la jeune fille comme il faut.

Persuadée que toute science donnée à la femme est par cela même destinée à profiter au bien-être et à la prospérité de la famille, notre « petite fée » s'appliquait constamment à tirer parti de ses connaissances pour améliorer le confortable de la maison sans augmentation de dépenses.

Sans être gourmet, le commandant avait vu trop de pays et dégusté dans sa vie trop d'excellents produits, pour ne pas être un connaisseur émérite en fait de cuisine. Aussi, et bien qu'il fût l'homme le moins difficile à contenter, il n'en appréciait pas moins, à l'occasion, un mets délicat et bien préparé.

Ondine aimait trop son père adoptif, elle était trop désireuse d'aller au-devant de ses désirs, pour ne pas s'apercevoir de cette délicatesse de goût qu'Yvonne, malgré tout son dévouement, n'avait jamais soupçonnée.

Un vieux livre de cuisine qu'elle découvrit dans un coin de la bibliothèque devint entre ses mains un guide précieux.

Sous prétexte de distraction, d'enfantillage même, afin de ne pas froisser les prétentions d'Yvonne comme cordon bleu, la gentille ménagère essaya, modifia, inventa et finit par devenir un véritable petit Vatel.

— La petite folle! elle est plus grande que moi de deux pouces au moins et elle pense encore à la di-

nette!... disait Yvonne moitié souriant et moitié
grondant, quand elle la voyait, le visage animé par la
chaleur du fourneau, les manches retroussées, et
son radieux sourire aux lèvres, aller, venir de la
cuisine au garde-manger et du garde-manger à la
cuisine, tantôt consultant le livre ouvert sur un coin
de la table, tantôt faisant bravement sauter la poêle
ou la casserole.

— Ma dînette a réussi, ma bonne! Il faut que vous
en jugiez et mon père aussi, disait la jeune fille un
peu avant le dîner.

Et Yvonne, n'imaginant pas que « l'enfant » voulût
marcher sur ses brisées, se montrait non moins
empressée, non moins fière qu'Ondine de présenter
sur la table le plat savamment confectionné par
les jolies petites mains de « son élève. »

Grâce, en effet, aux illusions de l'amour-propre,
illusions inhérentes en quelque sorte au titre de
bonne ménagère, Yvonne se figurait de bonne foi
que le savoir culinaire d'Ondine était son œuvre à
elle.

— Où aurait-elle appris le moindre des détails
qui touchent au ménage, si ce n'est grâce à mes leçons? disait-elle très-sérieusement, lorsque, pour la
taquiner un peu, le commandant s'avisait de mani-
fester son étonnement du savoir-faire de la jeune
fille.

Parfois cependant, la vieille servante se trouvait choquée en voyant Ondine jouer à la ménagère.

— Allez-vous-en bien vite au salon, lui disait-elle, la cuisine n'est pas la place d'une demoiselle de votre condition.

Dans ces occasions, Ondine avait coutume de répondre en riant :

— Oh ! ne craignez rien pour ma dignité ; d'abord personne ne peut dire ce qu'est réellement ce que vous appelez ma condition, et ensuite, en supposant que je fusse une princesse, je ne croirais pas déroger en faisant pour mon père et aussi un peu pour vous, ma bonne, ce que les femmes et les filles des rois et des empereurs ne dédaignaient pas de faire autrefois.

— Autrefois ! autrefois ! je n'ai pas vu et j'ai peine à croire que les reines et les impératrices aient fait de leurs propres mains rôtir les moutons et les sangliers qui, dit-on, étaient servis tout entiers sur la table des princes.... Mais, en supposant que ce soit vrai, je vous dirai, mon enfant, « autres temps, autres mœurs, » et aujourd'hui...

— Aujourd'hui, ma bonne, dans des pays non moins civilisés que le nôtre, c'est un honneur pour les femmes de toutes conditions de ne rien ignorer de ce qui concerne le ménage, et afin de procurer cette science, qui est par excellence celle que doit

ambitionner notre sexe, il est d'usage que les filles
des meilleures maisons fassent une sorte d'appren-
tissage, non pas seulement chez elles, mais dans des
familles, ou amies ou supérieures.

— Voilà un usage singulier; il est sans doute pra-
tiqué en Chine, au Japon ou dans quelques-uns de
ces pays plus ou moins païens, dont le commandant aime à raconter les histoires.

— Non, ma bonne, cet usage existe, je vous l'ai
dit, tout près de nous, en Hollande, en Allemagne.
On cite même une princesse actuellement régnante
qui a été élevée de cette façon. Et j'imagine que
ses sujets ne doivent pas s'en plaindre; ce n'est
pas elle, en effet, qui, pressée d'intervenir auprès de
son époux afin de hâter les mesures nécessaires pour
soulager une population frappée par un cruel fléau,
répondrait comme je ne sais quelle princesse du
siècle dernier : — Eh! mon Dieu, si ces pauvres
gens n'ont pas de pain, qu'ils mangent de la brio-
che !...

— La réponse est au moins singulière, dit
Yvonne en riant de bon cœur; mais pour en revenir à mes observations, nous ne sommes pas en
Allemagne, mon enfant, nous sommes en France,
et.....

— En France, ma bonne, on comprend si bien
l'utilité, pour ne pas dire la nécessité, de familia-

riser les femmes avec tous les soins du ménage qu'à St-Denis, où sont élevées les filles des officiers de la Légion d'honneur, le règlement veut que les élèves à tour de rôle soient de semaine à la cuisine, aussi bien qu'à la lingerie, à la roberie, à la blanchisserie, etc..... Eh bien! ma bonne, ne puis-je pas faire sans déroger à ma dignité ce qu'on exige des filles de généraux, de maréchaux de France, d'amiraux, etc.?

— Ah! petite enchanteresse, on a toujours tort avec vous!

Et ainsi se terminaient immanquablement tous les petits dissentiments qui surgissaient entre Yvonne et Ondine.

Celle-ci se trouvait avoir toujours raison.

Il en était de même avec le commandant, avec le recteur, avec tous ceux qui l'approchaient.

— C'est une chose vraiment étrange, disait à ce sujet M. du Penhoer; je ne crois pas qu'il y ait au monde une jeune fille plus docile, tenant moins à faire prévaloir son opinion et se soumettant plus aisément à celle d'autrui, c'est l'obéissance et la douceur personnifiées, et cependant, en fin de compte, c'est toujours sa volonté qui se fait.

— A l'inverse des monarchies parlementaires où le roi règne et ne gouverne pas, ici, ajoutait le recteur quand c'était à lui que s'adressait cette obser-

vation; Ondine ne songe pas à régner, mais elle gouverne. Et qui s'en plaindrait, n'est-elle pas le bon
et intelligent génie du manoir?

III

Ondine était ainsi préparée à assumer à elle seule
toute la responsabilité de l'économie domestique
du manoir, lorsque survint la première attaque qui
pendant plusieurs semaines tint Yvonne suspendue
en quelque sorte entre la vie et la mort.

Jamais encore la jeune fille n'avait eu le triste
spectacle d'un lit de malade; jamais elle n'avait
tremblé pour les jours d'une personne chère.
Et c'était celle qui lui avait servi de seconde mère,
celle dont l'expérience et la tendresse l'avaient jusqu'alors entourée de cette égide protectrice si précieuse à son âge, qui, la première, réclamait ses soins.
Elle ne les lui marchanda pas.

Assistée par Anne-Marie d'abord, et bientôt après
par la nièce de celle-ci, jeune fille à peu près de son
âge, elle se multiplia et parvint à faire face à tout.

On eût dit qu'elle ne perdait pas de vue Yvonne,
qui jamais n'ouvrait ses yeux alanguis sans voir
penché sur elle cet aimable visage sur lequel se li-
saient la tendresse, l'empressement, la volonté de
soulager, sans qu'il s'y mêlât la moindre nuance

d'effroi ou d'inquiétude de nature à impressionner la malade, et cependant rien n'était négligé au logis.

Parfaitement maîtresse d'elle-même, dès cette première épreuve qui la prenait cependant à l'improviste, Ondine avait trouvé dans son cœur le secret de l'art si rare qui consiste à ne montrer à ceux qui souffrent ni un visage trop riant, qui pourrait leur donner à penser qu'on ne compatit pas suffisamment à leur état, ni des traits bouleversés, qui seraient pour eux la révélation permanente du danger qui les menace.

Habile à concilier des occupations diverses, et en quelque sorte opposées, grâce à cette activité paisible dont Yvonne lui avait donné l'exemple, notre jeune héroïne ne semblait jamais se hâter, et cependant elle apportait à toutes choses une diligence qui tenait du prodige et ne se pouvait comparer qu'au rare sang-froid, à la minutieuse exactitude avec lesquels elle observait, analysait toutes les phases de l'état de la malade, pour en rendre compte au médecin, et à l'intelligence qu'elle apportait à exécuter ses ordonnances.

Le vieux docteur, qui peut-être avait plus d'une fois souri de l'enthousiasme avec lequel tous ceux qui la connaissaient parlaient de la « demoiselle du manoir, » devint bien vite le plus ardent de ses admirateurs, et ce fut avec une profonde conviction qu'il ratifia le

titre qui lui avait été décerné, ajoutant qu'en chacun des logis, pauvres ou riches, où l'appelait son
ministère, il s'estimerait bien heureux de rencontrer
une aussi aimable, active et habile petite fée.

Quand Yvonne quitta son lit et put reprendre
une partie de ses occupations, ce fut, ainsi que le
déclara solennellement le docteur, à Ondine qu'elle
le dut.

Et lorsque quelques mois plus tard une nouvelle
attaque survint, ce fut encore grâce à la sagacité de
la jeune fille qui, s'apercevant à temps d'une certaine recrudescence de fatigue et de faiblesse, prit
des précautions et fit appeler le docteur, qu'on put
conjurer la gravité de la crise et conserver encore la
malade.

A partir de ce moment Yvonne demeura, ainsi
que nous l'avons dit déjà, incapable de toute occupation, et Ondine dut lui rendre tous les petits services, lui donner tous les soins qu'elle en avait
reçus dans son enfance. Elle le fit avec une sollicitude, une patience qui ne se démentirent pas un
instant.

La fille la plus tendre n'eût pu montrer plus de
dévouement et plus d'affection à la meilleure des
mères.

Cette réflexion venait souvent à l'esprit du commandant, et alors, autant il s'estimait heureux d'avoir

été choisi pour recevoir le dépôt de cette perle d'un prix inestimable apportée par la mer, autant il déplorait le malheur des parents de la jeune fille.

— Peut-être n'étaient-ils pas avec elle sur le navire brisé dans les récifs; peut-être vivent-ils encore, et en ce cas quelle perte n'ont-ils pas faite? Et de quel droit m'attribuai-je la possession de leur incomparable trésor?

Dans sa modestie, M. du Penhoer ne se rendait pas compte que, tel qu'il était, « cet incomparable trésor » lui devait une bonne partie de sa valeur.

En d'autres mains, avec une autre éducation, Ondine eût-elle été la jeune fille à tous égards parfaite dont nous avons essayé d'esquisser le portrait?

Cette question, nul au manoir ne se l'était jamais posée, sauf peut-être Ondine elle-même, qui, en repassant feuillet à feuillet la courte histoire de sa vie, n'avait pu s'empêcher d'apprécier tout ce qu'au triple point de vue de l'intelligence, du cœur et du développement physique, elle devait à la libre et heureuse existence qui lui avait été faite.

IV

L'automne acheva son cours, et l'hiver qui lui succéda était prêt à faire place au printemps lorsque

survint cette troisième attaque prévue et redoutée
pour Yvonne.

A la suite d'une journée calme et presque joyeuse,
pendant laquelle la vieille gouvernante avait, avec
plus d'entrain que de coutume, évoqué les souvenirs du passé et parlé de ses projets, de ses espérances à l'occasion du prochain retour de la belle
saison, Ondine la quitta pour se retirer dans la petite
chambre qu'elle occupait à côté de la sienne et dont
la porte, toujours ouverte, après avoir permis à la
fidèle gouvernante de veiller sur son paisible sommeil d'enfant, lui permettait maintenant à elle de
surveiller les nuits souvent agitées de la malade.

Tout était calme et silencieux, aussi bien dans le
manoir qu'au dehors; à peine entendait-on le murmure régulier et monotone du flot sur les brisants.
Ondine dormait de ce sommeil léger qui pour certaines natures impressionnables suspend à peine l'activité de l'esprit.

A un bruit insolite partant de la chambre de la malade, Ondine se dresse vivement sur son séant. Elle
écoute, le bruit se répète; pour une oreille moins
exercée ce serait le mouvement de la respiration
à peine plus accentué que de coutume; mais pour
l'habile garde-malade c'est l'indice d'une oppression
inquiétante.

En un clin d'œil la jeune fille est auprès de la

malade qui ne peut répondre ni par un mot, ni
même par un geste aux questions qui lui sont adressées, et dont les yeux vitreux, les lèvres bleuies, les
traits convulsés ne permettent aucun illusion : la
main de la mort est là.....

Quelques instants plus tard, M. du Penhoer était
sur la route du village ; il allait prévenir le recteur
afin que la fidèle chrétienne n'entrât point dans son
éternité sans avoir reçu les derniers secours de la
religion.

Le recteur arriva assez tôt pour administrer la
mourante, qui sembla reprendre connaissance pour
recevoir l'extrême-onction, et s'éteignit ensuite,
doucement, sans secousses, les yeux fixés sur Ondine, comme si sa dernière pensée, son dernier vœu
sur la terre eussent été pour elle.

La jeune fille n'avait jamais encore vu la mort.
En sentant se refroidir dans les siennes cette main
qui avait si tendrement et si longtemps guidé ses
pas hésitants, en voyant immobiles et inertes ces
membres dont l'activité pendant tant d'années avait
pourvu à tous ses besoins, il lui sembla qu'un vide
immense venait de se faire autour d'elle, et elle se
sentit prise d'une sorte de vertige qui, un moment,
lui ôta le sentiment de la réalité.

Mais est-ce bien réellement la destruction, le
néant dont elle a sous les yeux l'effrayant spectacle ?

— Non, sa raison et son cœur s'unissent aux enseignements de la foi pour lui assurer que tout n'est
pas fini pour cet être qui sentait, qui aimait, en un
mot qui vivait il y a quelques instants à peine et qui
est maintenant sans voix et sans mouvement. Tout
n'est pas fini ! le souffle qui animait ce corps n'est
pas éteint ; il ne s'éteindra jamais. « *O mort, où est ton
aiguillon; ô mort, où est ton horreur?...* » Ce corps
que tu as touché ressuscitera un jour, il revivra
glorieux dans l'éternité !

Et, repoussant, grâce à cette pensée, l'instinctive
répugnance qui un moment l'a dominée, l'énergique
jeune fille s'incline sur cette couche que vient de consacrer une mort chrétienne, et d'une main raffermie
elle ferme pieusement ces yeux qui la veille encore
suivaient d'un regard attendri chacun de ses mouvements; elle dépose un baiser respectueux sur
ce front qui a déjà la rigidité glacée du marbre, et
elle supplie le commandant qui veut l'éloigner, de
lui permettre de demeurer jusqu'à la fin la fidèle
gardienne de celle qui a passé tant de jours et tant
de nuits à veiller sur son enfance.

Et comme toujours sa volonté triomphe de toutes les résistances. Le privilége qu'elle a revendiqué
lui est accordé : nulle autre main que la sienne ne
touche les dépouilles mortelles d'Yvonne.

V

La mort d'Yvonne fit un grand vide au manoir, un vide d'autant plus sensible qu'il ouvrit pour le commandant tout un ordre d'idées qui jusqu'à ce jour ne s'étaient jamais emparées de son esprit :

— Que deviendrait Ondine s'il venait à lui manquer, maintenant qu'elle n'avait plus que lui seul pour appui et protecteur?

Yvonne n'était, il est vrai, qu'une simple paysanne, qu'une modeste servante, mais elle n'en avait pas moins pour Ondine un cœur de mère. D'ailleurs, pour si humble qu'elle soit, une femme est toujours, par le fait seul de sa présence, une sauvegarde pour une jeune fille.

Cette sauvegarde, *ce chaperon* pour employer le terme consacré, n'existait plus et ne pouvait être remplacé.

Le commandant n'était pas assez riche pour donner une gouvernante à sa fille d'adoption, et peut-être même, si sa fortune le lui eût permis, ne se fût-il pas soucié d'introduire un tiers dans cette douce et confiante intimité qui lui était si précieuse.

D'autre part, une domestique, quel que fût son âge, ne pouvait prendre auprès d'Ondine la place laissée vide par Yvonne.

Tant qu'il était là, la jeune fille, il est vrai, pouvait se passer de toute autre protection; mais s'il venait à lui manquer!.....

Ces préoccupations, jointes au vif regret que lui avait causé la perte de la courageuse servante qui, après avoir si fidèlement partagé les tristesses et les deuils nombreux de sa famille, lui avait consacré avec tant de dévouement les dernières années de sa vie, altérèrent l'humeur d'ordinaire jusque-là égale et sereine du commandant.

Il se montra soucieux, taciturne; parfois même fantasque et violent.

Le vide fait par la mort d'Yvonne ne fut ni moins grand, ni moins pénible pour Ondine, qui sentit, bien plus qu'elle ne s'en rendit compte, un changement complet dans sa vie.

Cet appui que tour à tour elle recevait de la fidèle gouvernante et lui rendait; cette sécurité qu'amène le sentiment d'une protection incessante à laquelle on ne recourra jamais en vain, et, d'autre part, cette satisfaction, cette fierté intimes' que l'on éprouve, surtout à l'âge d'Ondine, à rendre appui pour appui, protection pour protection, à se savoir nécessaire à ceux dont soi-même on a besoin, avaient dans ces dernières années fait sa force et son bonheur.

Maintenant elle se trouvait seule en présence de cette lourde responsabilité journalière, qui incombe à une femme chargée de la direction d'une maison. Tout devait peser sur elle, non-seulement l'ordonnance matérielle du ménage, dont M. du Penhoer ne s'était jamais mêlé, mais encore et surtout le soin d'écarter de la vie de son bienfaiteur cette tristesse, ces soucis dont elle ignorait la cause et qui lui semblaient si malencontreusement survenus juste au moment où s'aggravait sa situation à elle.

La pensée que ce pût être justement ce changement de situation qui assombrissait l'humeur du commandant ne lui vint pas.

Elle s'imagina qu'il avait quelques sujets secrets d'inquiétude, et le même sentiment qui empêchait le commandant de s'ouvrir à elle, retint sur ses lèvres des questions qui eussent peut-être singulièrement modifié leur état moral à tous deux.

Au lieu, en effet, de cette intimité confiante et joyeuse qui depuis qu'Ondine avait le sentiment de l'existence avait régné entre son père d'adoption, et elle se substituait peu à peu un sentiment étrange de réticence et de malaise.

Le commandant, si heureux autrefois d'avoir sans cesse auprès de lui « sa chère petite fée, » semblait maintenant ne pouvoir arrêter sur elle son regard sans que son front se chargeât de nuages.

S'abandonnaient-ils au charme de ces conversations intimes où les *pourquoi* et les *parce que* jouaient un si heureux rôle, la jeune fille saisissait tout à coup un changement d'intonation, un geste inaccoutumé qui glaçaient ses élans d'expansion.

Qu'on ne s'imagine pas cependant que M. du Penhoer eût sensiblement modifié ses rapports avec Ondine, ou que ses manières avec elle fussent brusques et désagréables. Le changement que nous avons essayé de décrire consistait en nuances presque imperceptibles, mais que la jeune fille n'en sentait pas moins vivement.

Un moment son caractère parut prêt à suivre la même pente que celui du commandant; un rien l'irritait; elle avait des envies folles de se réfugier dans la solitude pour y pleurer à l'aise; mais telle était déjà sa force d'âme que personne, et M. du Penhoer moins que tout autre, ne surprit jamais aucun indice de ce découragement.

Nous parlons d'une enfant de quinze ans; comment donc ne craignons-nous pas de prononcer ce mot « force d'âme ! »

Les femmes frivoles, les natures superficielles pour lesquelles les préoccupations mondaines sont la grande affaire de la vie, souriront probablement de ce qu'elles considéreront comme une antithèse; mais les femmes chrétiennes nous comprendront.

Elles savent par expérience, ces femmes vraiment fortes de l'Évangile, que les vertus chrétiennes ne

connaissent aucune limite d'âge; qu'elles se dévelop-
pent dans une jeune âme à côté de la charmante
pétulance, de la joyeuse humeur de l'enfance, aussi
bien qu'elles se conservent malgré l'affaiblissement
des organes, l'abattement du corps, dans l'âme des
vieillards.

Ondine savait à quelle source elle pouvait et devait puiser cette précieuse énergie morale qui lui
devenait de jour en jour nécessaire.

Déjà pieuse par instinct et par éducation, elle
était, on s'en souvient, devenue, sous l'influence
d'Yvonne et sous la conduite du vieux recteur de
Penhoer, une chrétienne instruite, convaincue et
fervente. Cette ferveur s'était augmentée encore depuis que la jeune fille avait pu apprécier par elle-
même quel recours, aux moments d'épreuve, on
trouve dans la prière.

Les vieilles églises, pour si humbles qu'elles
soient, ont un prestige que la plus splendide basili-
que nouvellement construite n'atteindra jamais.

Ce prestige s'était imposé avec une force toute
particulière à l'esprit impressionnable et poétique
d'Ondine.

Chaque fois que de loin elle apercevait les solides
contre-forts de la petite église, sa toiture couverte de
tuiles que le temps avait rendues grisâtres, son clocher
relativement élevé que les vents et la tempête bat-

taient en brèche depuis des siècles sans avoir pu l'é-
branler, pas plus que les révolutions n'avaient
ébranlé, dans l'âme des humbles paysans qui venaient
prier à son ombre, les fermes croyances de leurs
pères, son cœur s'ouvrait à de douces et consolantes
pensées.

Et quand, arrivée sous les vieux ormeaux qui om-
brageaient le porche, elle se disait que des centaines de générations l'avaient précédée sur ce sol consacré, que des milliers et des milliers de pas avaient
précédé les siens juste à la place où ils imprimaient
leurs traces, une profonde et respectueuse émotion
la pénétrait.

Où étaient tous ces êtres qui étaient venus tour à
tour sanctifier leurs joies et sécher leurs larmes au
pied de cet antique autel?... où iraient ceux qu'elle
aimait; où irait-elle elle-même lorsque leurs cendres et les siennes se seraient confondues dans le
paisible cimetière avec celles de toutes ces générations disparues?...

A ces questions que son esprit se posait, répon-
daient les magnifiques révélations de la foi, et sou-
dain tout ce qui l'entourait s'animait, se transfor-
mait.

Les générations disparues reprenaient vie, non
telles qu'elles avaient vécu sur la terre avec leurs
misères et leurs faiblesses, mais glorifiées, transfi-

gurées, revêtues de cette force et de cette mansué-
tude qui sont le partage des élus.

Et dans la modeste église, au-dessus des humbles
paysans agenouillés sur les dalles humides, la jeune
fille voyait planer des légions d'âmes bienheureuses;
et elle entendait s'élever de ces pieuses phalanges
des accents mystérieux, paroles de paix, de consolation, d'encouragement.

Et parce qu'elle ouvrait un cœur docile et de
bonne volonté à ces ineffables communications
d'un ordre surnaturel et béni, jamais elle ne quittait
la vieille église sans se sentir meilleure et plus
forte.

Elle en rapportait de divines bénédictions qui
par elle se répandaient sur le manoir tout entier.

Telle est en effet l'heureuse influence de la vraie
piété, qu'elle ne profite pas seulement à celui ou à
celle qui la possède, mais que, par son entremise,
elle s'étend à tout ce qui l'approche.

VI

Que nous soyons dans la joie ou dans la peine, le
temps n'en poursuit pas moins régulièrement sa
marche.

Les saisons suivirent donc cette année-là leur

cours ordinaire. A la suite d'un printemps singulièrement pluvieux et triste, arriva un de ces étés secs
et brûlants également nuisibles à la santé des hommes et aux produits de la terre.

Un jour, après une longue promenade en plein
midi, sous un soleil de feu, M. du Penhoer, en ren-
trant au manoir, se plaignit d'une excessive fatigue.

Il se retira immédiatement dans sa chambre, et
lorsque, quelques heures plus tard, Ondine, inquiète,
alla prendre de ses nouvelles, elle le trouva sur son
lit, sans connaissance et le visage couvert de sang.

La blessure à la tête qui l'avait obligé de quitter le
service s'était rouverte, et il ne fallait pas une grande
expérience médicale pour juger que la situation
était des plus graves.

Le médecin et le recteur furent mandés en toute
hâte, et plusieurs jours se passèrent dans de sombres
angoisses.

Dieu eut pitié de la pauvre enfant; il ne permit
pas qu'elle devînt une seconde fois orpheline. Le
commandant fut sauvé, mais il dut garder le lit
pendant plusieurs mois.

La maladie adoucit son humeur et lui rendit plus
chère que jamais sa douce, patiente et intelligente
garde-malade.

Mais s'il laissait moins paraître ses préoccupations, s'il ne permettait plus à son inquiétude de je-

ter un voile sombre sur ses manières et sur son langage, il ne songeait pas moins sérieusement à l'incertitude de l'avenir de sa chère enfant d'adoption.

Il se demandait souvent ce qu'elle deviendrait s'il
venait à mourir. Ce qu'il avait à lui laisser — le manoir et la petite ferme y attenant — était insuffisant
pour la faire vivre ; sa pension sur laquelle il n'avait
pu faire que d'insignifiantes économies s'éteindrait
avec lui.

Tout manquerait donc à la fois à la jeune fille : famille, protection, moyens d'existence...

Cette perspective était affreuse, comment y pa-
rer ?...

Tout à coup il pensa à son frère le banquier. Il
n'était pas, il n'avait jamais été en correspondance
avec lui, mais il savait qu'il faisait de bonnes affaires.

Sa tendresse pour Ondine triomphant de ses préjugés, il résolut de faire le voyage de Paris aussitôt
que sa santé le lui permettrait.

Il conduirait sa fille adoptive à Edouard et la re-
commanderait à ses bontés pour le cas où la mort
viendrait lui ravir son unique protecteur.

CHAPITRE VII

VOYAGE A PARIS

I

A la fin de l'automne seulement, M. du Penhoer fut en état d'entreprendre le voyage qu'il eût autrefois repoussé de toutes ses forces et que maintenant il avait si grandement à cœur.

Il était encore bien faible quand il monta en diligence avec Ondine, et dès avant leur arrivée à Paris, la jeune fille put craindre de le voir s'aliter de nouveau.

Ce fut à son tour d'éprouver des angoisses, d'autant plus cruelles qu'elle comprenait mieux la nécessité de les dissimuler.

En passant à Quimper, M. du Penhoer s'était enquis auprès du notaire de la famille de l'adresse exacte de son frère. Il avait de plus pris quelques renseignements sur ses habitudes, sa manière de vivre, son caractère.

Ce qu'il avait appris l'avait confirmé dans l'opinion qu'il s'était déjà formée : il n'y avait plus rien de commun entre le joyeux enfant qu'il avait connu

et chéri autrefois et l'homme d'affaires froid et mé-
thodique qu'il allait rencontrer.

Edouard du Penhoer était une de ces natures
originales qui tendent de plus en plus à disparaître
de notre société contemporaine, et il semble que le
nivellement des conditions sociales veuille étendre
son influence jusque sur les manières, la physionomie et le caractère,

Depuis son départ, — nous dirions volontiers sa
fuite précipitée du manoir, — Edouard avait toujours vécu seul, poursuivant la fortune par tous les
moyens honnêtes et loyaux; mais paraissant se soucier aussi peu des plaisirs qu'elle procure que des
honneurs auxquels elle peut conduire.

Homme d'affaires avant tout, il n'avait cherché à
se créer que des relations d'affaires, et ne s'était jamais, disait-on, laissé aller à la moindre expansion.

Quel souvenir avait-il gardé de sa famille ? Son
cœur était-il indifférent à l'oubli où ses parents l'a-
vaient laissé ou en était-il ulcéré ?

Bertrand et Ondine allaient-ils se heurter à une
haine longtemps comprimée; leur présence réveille-
rait-elle des sentiments d'affection ou provoque-
rait-elle la colère ?

Nul n'eût pu le dire; Edouard peut-être moins
que tout autre.

Quoi qu'il en soit, le commandant se sentait plus

ému, plus troublé, qu'il ne se fût soucié de l'avouer.

Ondine partageait ses appréhensions. Ce frère de son père dont elle n'avait entendu parler que fort rarement et en termes mystérieux, apparaissait à sa jeune imagination sous des traits singuliers et inquiétants.

Tout contribuait d'ailleurs à augmenter le malaise indéfinissable qui s'était emparé d'elle.

Au lieu de cet aspect féerique sous lequel Paris se présente à l'imagination de toute jeune fille, elle avait trouvé à la grande capitale une apparence triste, maussade, encombrée.

Depuis vingt-quatre heures une pluie torrentielle tombait presque sans interruption, les trottoirs étaient inondés et glissants, l'eau et la boue transformaient les rues en torrents qu'il était difficile et en certains endroits impossible de traverser; des légions de parapluies aussi loin que le regard pouvait atteindre, se levaient et s'abaissaient en vue de collisions qu'il ne leur était pas toujours donné d'éviter. Les fiacres, les omnibus, les grosses voitures de transport, s'entremêlaient, se croisaient; les coups de fouet, les cris de leurs conducteurs, le bruit des roues, le va-et-vient de la foule, tout se réunissait pour donner le vertige à la pauvre enfant.

6.

II

Peu soucieux des aises de la vie et encore moins
du luxe que permet l'opulence, Edouard du Penhoer avait ouvert sa maison de banque dans un des
principaux centres commerciaux de Paris, sans
s'inquiéter du renom d'élégance du quartier, ni
de l'apparence et du confortable de la maison qu'il
avait choisie.

Lorsque ses affaires eurent pris le développement
qui, au moment où son frère et Ondine se dirigent
vers sa demeure, en fait un des principaux banquiers
de Paris, il ne songea même pas à donner un aspect plus grandiose, plus luxueux à ses bureaux.

Ondine sentit son cœur se serrer lorsque, dans la
partie la plus resserrée de l'étroite et bruyante rue
Beaubourg, elle entra, avec son père, sous le porche bas et sombre qui donnait accès à la maison
habitée par son oncle.

Cette maison qui, un ou deux siècles auparavant,
avait été l'hôtel de quelque riche financier, con-
servait dans l'intérieur quelque chose de sa destination passée.

Le large escalier à rampe de fer curieusement
ouvragée déroulait ses spirales dans une vaste cage

éclairée par de larges fenêtres ; les plafonds étaient élevés, les pièces spacieuses.

Tout cela dans un autre quartier et mieux tenu eût eu très-grand air, mais dans le milieu et dans l'état de délabrement où se trouvait la maison, on était péniblement impressionné par ces vestiges d'opulence contrastant, avec les moisissures produites par l'humidité, la poussière et les toiles d'araignées qui, incrustées dans les hauts vitrages, intérceptaient le passage de la lumière, avec l'apparence sordide des portes vermoulues, des châssis déjetés, des marches usées.

Au second étage de cette maison, sur une porte ouvrant au milieu d'un large palier, Ondine et son père lurent l'inscription suivante :

EDOUARD DU PENHOER
Bureaux et Caisse

Ouvrez, s. v. p.

Avant d'obéir à cette invitation banale, le commandant porta ses deux mains sur sa poitrine, — comme s'il voulait comprimer les battements de son cœur. — Etait-il bien possible qu'il vînt dans cette demeure en suppliant, lui dont la pensée s'était si longtemps révoltée contre la seule perspective de jamais revoir celui qui l'habitait ! Un regard arrêté

sur Ondine imposa silence à cette dernière résistance de son orgueil.

D'une main ferme et résolue il tourna le bouton
de cuivre.

— M. du Penhoer ? demanda-t-il à un homme en
cheveux blancs assis derrière un grillage.

— M. du Penhoer est en ce moment à la Bourse;
mais il est probable, monsieur, que je puis le remplacer; je suis son caissier.

— J'ai à entretenir M. du Penhoer d'affaires particulières, et c'est à lui-même que je veux parler.

— En ce cas, monsieur, vous aurez plus d'une
heure à attendre.

— Soit, j'attendrai.

Et faisant un signe à Ondine, le commandant s'as-
sit sur une des banquettes de cuir qu'un long service avait blanchies aux angles.

Le vieux caissier encadra sa tête dans le guichet
du vitrage et examina attentivement l'officier de marine et sa compagne.

Soit que leurs manières distinguées lui donnassent
à penser qu'il n'avait pas affaire à des visiteurs ordinaires, soit qu'un certain air de famille l'avertit
qu'il se trouvait en présence d'un parent de son patron, il sortit, après quelques instants d'hésitation, de
l'espèce de cage où il passait sa vie et, s'approchant
de M. du Penhoer :

— L'attente pourrait être fatigante pour monsieur et pour mademoiselle dans cette salle ouverte au public; s'ils veulent bien me suivre, je les conduirai dans le cabinet de M. du Penhoer, où ils seront beaucoup mieux à tous égards.

Il devait y avoir quelque chose de singulièrement insolite, d'audacieux peut-être, dans cette offre, car les trois ou quatre employés absorbés de l'autre côté du grillage par les chiffres qu'ils alignaient sur d'immenses registres, relevèrent brusquement la tête et échangèrent des regards surpris.

Le cabinet du patron était, en effet, un sanctuaire sacré où n'étaient admis que quelques privilégiés. Il était rare que, sauf le caissier qui était l'homme de confiance et jusqu'à un certain point l'*alter ego* de M. du Penhoer, les employés y fussent appelés.

C'était une vaste pièce qui eût pu être claire et joyeuse avec ses trois fenêtres ouvrant sur un large balcon; mais qui paraissait sombre et triste avec ses vitres ternes, ses rideaux de reps fané à demi ouverts, sa grande cheminée où se consumaient sans flamme et sans étincelles quelques morceaux de bois humide.

Au centre de la pièce était un immense bureau sur lequel il n'existait de place vacante que juste ce qu'il en fallait pour pouvoir écrire. Le reste était rempli par des piles de papiers de toutes dimen-

sions, de toutes nuances; des liasses d'imprimés, des
cahiers de notes, des journaux et des cotes de bourse
venus de tous les pays et rédigés en toutes les lan-
gues; des affiches de sociétés financières, d'agences
maritimes, etc..... des cartons ouverts et pleins de
lettres et de documents, tous annotés à l'encre rouge
par la même écriture ferme et nette.

Il n'y avait pas à s'y tromper, on était chez un de
ces travailleurs infatigables qui poursuivent la fortune
pas à pas et qui, lorsqu'à force d'efforts ils l'ont con-
quise, ne se croient pas dispensés pour cela de continuer le labeur qui est devenu aussi nécessaire à
leur existence que l'air est nécessaire à la respiration.

De grands casiers avec leurs cartons soigneusement étiquetés garnissaient les murs, du parquet au
plafond, cachant derrière leurs flancs sombres et
poudreux les restes de décorations artistiques, bois
sculptés, glaces anciennes, trumeaux peints qui, à
en juger par l'élégante corniche du plafond, avaient
été respectés par les maîtres successifs du logis.

A droite et à gauche de la cheminée deux coffres
de fer jumeaux montraient leur solide armature et
leur singulière serrure à combinaisons.

Quels trésors se cachaient dans ces mystérieuses
forteresses domestiques! que de préoccupations, de
soucis, de sueurs, péniblement transformés en pièces
d'or ou en billets de banque, y sommeillaient paisi-

blement, attendant l'heure d'en sortir pour se multiplier et se reproduire à l'infini !

Pendant que M. du Penhoer, se rappelant l'aimable
et joyeux garçon qui avait dédaigné les libres rivages
de l'Océan pour venir créer cet austère intérieur,
avait peine à se figurer son frère sous d'autres traits
que ceux sous lesquels il l'avait vu pour la dernière
fois trente-cinq ans auparavant, Ondine évoquait
une image toute différente, une image en harmonie
avec ces paperasses amoncelées, ces cartons mystérieux, ces caisses de fer plus mystérieuses encore ;
son imagination lui montrait un de ces êtres typiques
tels que les récits du moyen âge nous en ont conservé le portrait, dont la vie s'écoulait à la poursuite
de quelque secret surnaturel qui leur permit de
transformer en or pur tout ce qu'ils touchaient.

Edouard du Penhoer entra ; le commandant et sa
fille ne purent réprimer un geste de désappointement : rien en lui ne répondait pas plus au souvenir
évoqué par l'un qu'au type imaginé par l'autre.

Le banquier était de taille moyenne, doué d'un
embonpoint modéré et de muscles dont sa vie séden-
taire ne semblait avoir nullement affaibli la vigueur.
Sa poitrine bien développée, ses larges épaules sou-
tenaient une tête intelligente dont la distinction native
était relevée encore par l'ombre légère de préoccupation qui amortissait l'éclat de son regard. Il por-

tait la tête un peu inclinée en avant, non évidemment par fatigue ou laisser-aller, mais par suite de l'habitude qu'il avait contractée de bonne heure de travailler de longues heures penché sur son bureau ; la mâchoire inférieure largement taillée et le pli nettement dessiné de ses lèvres minces et pâles annonçaient l'inflexibilité de sa volonté et la puissance de l'empire qu'il exerçait sur lui-même ; sa voix brève et presque bourrue avait cependant une intonation de franchise qui laissait percer un fond de bienveillance et de franchise.

Tel qu'il était, Edouard du Penhoer montrait, sans chercher à en rien déguiser, les défauts et les qualités de la vie exceptionnelle qu'il s'était faite.

De prime abord on devinait en lui l'homme qui a souffert et lutté, l'homme qui, dès sa plus tendre jeunesse, pour un motif ou pour un autre, a brusquement rompu avec les liens et les affections de la famille, qui a constamment vécu seul et ne doit ce qu'il est et ce qu'il a qu'à lui-même.

III

Le banquier parut surpris de trouver dans son cabinet cet homme qu'il ne connaissait pas, et surtout cette jeune fille dont la gracieuse beauté avait fait pénétrer comme un rayon de soleil dans la sombre pièce.

Contre son habitude, qui était d'aller droit et vite au but en toutes choses, il garda le silence pendant quelques instants qu'il consacra évidemment à examiner ses visiteurs.

S'approchant enfin du commandant dont l'émotion devenait de plus en plus visible :

— A qui ai-je l'honneur de parler? demanda-t-il.

— Vous ne me reconnaissez pas, Edouard, cependant nous avons passé ensemble plus d'une heureuse journée !

Il y avait, dans ce prénom ainsi jeté tout d'abord dans la conversation et dans le son de voix de celui qui le prononçait, quelque chose de pénétrant, quelque chose qui faisait revivre soudainement un passé que peut-être il croyait avoir complétement oublié, et qui fit que le banquier se sentit gagné malgré lui par l'émotion de son visiteur.

— En vérité, je ne me souviens pas...

Le commandant ne lui donna pas le temps d'achever sa phrase, il marcha à lui les bras ouverts.

— Tu ne te souviens pas, dit-il, de ton frère, de ton camarade Bertrand!

— Est-il bien possible que ce soit toi que je vois enfin, ici, dans ce cabinet.....

— Où j'avais juré de ne jamais mettre le pied ; j'a-

7

voue qu'il y a de quoi t'étonner. Et cependant ce n'est pas un rêve, c'est moi, c'est bien moi qui viens te dire : — Edouard, oublions le passé, soyons amis.....

Edouard ne répondit pas; mais à la vigueur dont il rendit l'accolade qu'il venait de recevoir, le commandant ne put douter de son acquiescement à cette première demande.

— Ta fille, je suppose?...ajouta Edouard en montrant Ondine.

— Je ne me suis jamais marié, Edouard; comme toi j'ai vécu seul, sans affections, sans rien qui m'attachât à la vie, jusqu'à ce que Dieu, prenant en pitié mon isolement, m'ait envoyé cette enfant.

— Hum! hum! grommela le banquier, comme s'il voulait à la fois protester contre l'opinion émise par son frère sur les inconvénients du célibat, et contre la pensée qu'un enfant envoyé par le hasard pût être autre chose qu'une écrasante charge.

— Ainsi donc, reprit-il, cette jeune personne est...

— Ma fille adoptive.

— Hum! pour un officier à la demi-solde, — car j'ai su vos malheurs, frère Bertrand, — c'est une fantaisie bien dispendieuse de se charger des enfants d'autrui; toutefois, si cela vous convient, je n'ai rien à dire.

Le premier moment d'effusion passé, le banquier

revenait, on le voit, à ses habitudes de froideur un peu railleuse.

Le commandant sourit, et, se conformant au ton pris par son frère, il répondit :

— Vous avez raison, Edouard, mais les circonstances ont tout fait.

— Les circonstances! n'employez jamais de pareils mots avec moi, Bertrand... Les circonstances sont ce que nous voulons qu'elles soient, ce que nous les faisons...

— Laissez-moi vous raconter l'histoire de cette enfant, et peut-être, lorsque vous m'aurez entendu, ne serez-vous plus si prompt à me critiquer.

— Soit, j'écoute.

Le commandant raconta, dans ses principaux détails, l'histoire de la tempête, de la perte du navire inconnu et du sauvetage de l'enfant.

— Vous voyez, ajouta-t-il, que je ne pouvais refuser le présent que la mer me faisait; à ma place, j'en suis persuadé, vous eussiez agi comme je l'ai fait.

— Hum! hum! Je n'en suis pas aussi sûr que vous. Ce qui me semble certain, c'est que vous eussiez mieux agi encore en restant au coin de votre feu cette nuit-là.

— Au point de vue de l'incertitude de l'avenir de cette chère enfant, vous pouvez avoir raison, Edouard, mais ni vous ni moi ne pouvons en déci-

der. D'ailleurs, n'est-ce pas la divine Providence qui,
en permettant qu'elle ait été si miraculeusement sauvée, m'a choisi pour son protecteur ? Sans cela pourquoi le chien l'aurait-il déposée à mes pieds?

— Parce qu'il avait appris à rapporter, je suppose, et il eût fait exactement de même pour tout
autre objet confié à sa garde... Mais je n'ai pas le
droit de critiquer vos actions, mon frère; et, après
tout, si cette jeune fille est aussi bonne et aimable
qu'elle est gracieuse; si surtout, miracle inouï! elle
apprécie vos bontés et vous en est reconnaissante;
eh bien, après tout, vous n'avez fait ni l'un ni l'autre une trop mauvaise affaire en cette vilaine nuit
d'ouragan.

..... Mais je suis si occupé, Bertrand, que tous
mes moments sont comptés; avez-vous autre chose
à me dire?

—Oui, vraiment, mon frère; tout ce que je viens
de vous communiquer n'est même que le préliminaire
de ce qui me reste à vous dire. Vous savez que je
n'ai, en sus de ma pension de retraite, laquelle dis-
paraîtra avec moi, que le vieux manoir paternel
avec quelques chétifs lopins de terre qui suffiraient
à peine à nourrir celui qui les travaillerait lui-
même. Or, ma vie ne tient qu'à un fil. Je viens de
passer plusieurs mois dans mon lit, et sans cette enfant dont j'ai été forcé de me charger, mais qui m'est

aussi chère que si elle était mienne, je ne serais plus de ce monde ; ses soins m'ont disputé, arraché à la mort... J'avais souvent pensé auparavant à ce qu'elle deviendrait si je venais à lui manquer ; mais jamais cette préoccupation n'avait été aussi forte, aussi pénible que pendant ces longues heures de souffrances dont chacune pouvait être la dernière de mon existence terrestre.

C'est alors, mon frère, que, par amour pour elle, je revins sur les causes de dissentiment qui nous ont trop longtemps séparés ; je pris la résolution, si j'en recouvrais la force, de venir vous voir, de vous raconter son histoire et de vous remettre le linge qu'elle portait quand je m'en suis chargé, et dont la marque et les broderies sont les seuls indices qui puissent permettre de constater au besoin son identité.....

— Hum ! hum ! interrompit le banquier.

— J'ai passé par des épreuves cruelles, j'ai traversé des moments singulièrement difficiles et, bien que je vous susse riche, Edouard, jamais je n'ai songé à réclamer votre secours ; je suis toujours dans la même résolution de ne vous rien demander, que dis-je ! de ne rien accepter pour moi. Mais en faveur de cette chère petite, je me fais humble, Edouard, et je sollicite votre appui, non pour le temps où elle aura le mien qui lui a suffi jusqu'ici et qui continuera de lui suffire, soyez-en certain ; mais pour le moment, bien proche peut-être, où je la laisserai sans famille et sans affections.

Renversé en arrière sur son fauteuil, les yeux couverts par sa main droite, sans doute pour cacher ses impressions, le banquier ne répondit pas.

Le commandant reprit :

— Nous avons partagé les mêmes caresses, vécu de la même vie ; nous nous sommes tendrement aimés et je ne l'ai jamais oublié. Voudriez-vous me laisser croire que votre mémoire et votre cœur sont moins fidèles que les miens ? Me refuserez-vous d'adoucir, par avance, mes derniers moments, en vous engageant à ne pas laisser sans protection ma chère fille d'adoption ?

En prononçant cette dernière phrase la voix de Bertrand eut un léger tremblement. Il se tut, et, dans le silence qui suivit ses paroles, il entendit les sanglots étouffés d'Ondine qui, n'y tenant plus, se précipita vers lui, saisit sa main et, la serrant contre ses lèvres, s'écria :

— Oh ! père, cher père, ne parlez pas de me quitter ! Je ne puis supporter cette pensée : ne vous avoir plus auprès de moi ; avoir besoin d'une autre protection que la vôtre ! Je vous en conjure, n'ayez pas ce souci ; Dieu qui a fait un miracle pour nous donner l'un à l'autre ne nous séparera pas... aussi longtemps du moins que j'aurai besoin de vos soins...

Un autre ordre d'idées se présenta sans doute à l'esprit de la jeune fille qui, redevenant tout à coup maîtresse d'elle-même, s'arracha à l'affectueuse étreinte par laquelle le commandant avait répondu à son expansion et dit avec dignité :

— Je vous en prie, mon père, n'importunez pas plus longtemps votre frère à mon sujet ; prenez garde de troubler, par des inquiétudes qui seront, je l'espère, sans objet, le souvenir que laissera dans son esprit et dans le vôtre l'heureuse inspiration qui, à la suite d'une si longue séparation, vous a amené vers lui... L'après-midi s'avance, et si nous devons partir ce soir, comme c'est, je crois, votre intention...

— Doucement, jeune fille !... laissez aux hommes raisonnables le temps de mûrir leurs décisions.

— Je regretterais, monsieur, de vous avoir offensé ; mais.....

— Vous ne m'avez nullement offensé ; je dois même avouer que les sentiments que vous venez d'exprimer avec une franchise et une expansion qui annoncent chez vous deux des qualités que je prise le plus, du cœur et de la fermeté de décision, m'ont plu. Je commence à comprendre l'attachement que mon frère a pour vous, et si vous étiez ma vraie nièce, je n'hésiterais pas... Mais, en vérité, prendre la charge d'une étrangère...

— Quand il aura plu à la bonté divine de me retirer de ce monde, Edouard, pas auparavant !...

— Mon père ! interrompit Ondine, d'une voix suppliante.

Le banquier repoussa brusquement son fauteuil et, se levant tout d'une pièce, comme mû par un ressort, il alla droit à la jeune fille ; il lui prit les mains, la regarda bien en face et de sa voix rude :

— Il vous en coûterait donc bien de me devoir quelque chose ? lui dit-il.

Puis brusquement, sans lui donner le temps de lui répondre :

— Comment vous appelez-vous ?

— Monsieur.....

— Monsieur ! monsieur ! ne pourriez-vous dire mon oncle ? est-ce un mot si pénible à prononcer ?

— Eh bien, soit : mon oncle, on m'appelle Ondine.

— Ondine ! qui diable vous a affublée de ce nom absurde ?

— C'est moi, mon frère, et en vérité je ne le crois pas si absurde ; ne sont-ce pas les flots qui me l'ont apportée ?

— Hum ! hum !.... je n'aime guère toutes ces subtilités, et si j'avais une fillette à nommer, je l'ap-

pellerais tout simplement Marguerite ou Yvonne.....
Ah! à propos de ce dernier nom, qu'est devenue
notre Yvonne, à nous, celle de notre jeunesse; vous
me comprenez, mon frère?

— Oui, et Ondine aussi vous comprend, car
Yvonne s'est montrée pour elle ce qu'elle a été pour
nous, une seconde mère.

— Vit-elle encore?

— Non, nous l'avons perdue l'année dernière, et
c'est même à la suite des réflexions que sa mort
m'a suggérées que mes inquiétudes au sujet de l'avenir d'Ondine ont pris le caractère alarmant qui m'a
conduit vers vous.

Ces paroles, qui éclairaient pour elle la seule période pénible de sa vie, causèrent à Ondine une vive
émotion.

Oh! comme son père l'aimait! et qu'elle était
grande cette sollicitude qui avait amené ces moments
d'humeur, que parfois elle avait été tentée d'attribuer
à une cause opposée.

—Ainsi donc, nous seuls avons survécu à tous ceux
que j'ai connus et aimés pendant mon heureuse jeunesse... Je voudrais cependant revoir le manoir; je
voudrais.....

— Qui vous en empêche, Edouard; pensez-vous
que vous ne seriez pas bien reçu à Penhoer?

— Enfantillage! et sottises que tout cela! inter-

7.

rompit vivement le banquier. Tant pis pour celui qui a librement choisi sa voie, s'il s'est trompé! Il ne lui est plus permis de retourner en arrière.

— Cependant, quelques jours de repos...

— Vous ne savez pas, Bertrand, quelle tyrannie les affaires exercent sur l'homme qui leur a consacré sa vie. Véritable juif errant du travail, une force plus puissante encore que sa volonté le pousse en avant; une voix à laquelle il n'est plus maître d'imposer silence lui crie sans cesse : — Marche! marche!... et quelque envie qu'il en eût, il ne peut s'arrêter. Ainsi, en ce moment, où, je l'avoue, je sens mon cœur ému comme il ne l'avait jamais été depuis plus de trente ans, je suis forcé de réagir contre cette émotion : mon caissier, mes clients m'attendent, sans compter les opérations de Bourse, etc. C'est la vie d'un galérien, Bertrand.

— N'êtes-vous pas assez riche pour vous en retirer?

— Quitter ma banque! Etes-vous fou, mon frère! cesser de travailler parce que je suis riche; déserter ma voie parce que j'ai touché au but!... Mais vous imaginez-vous donc que l'amour de l'or soit mon principal mobile!... Non, en vérité! Il y a même des moments où je ne tiens pas plus à ma fortune qu'à un fétu de paille. Ce qui me plaît dans les affaires, ce sont les affaires elles-mêmes, c'est-à-

dire l'exactitude de mes calculs, la justesse de mes
vues, la réussite de mes combinaisons. Ce que
j'aime dans le travail, c'est le travail lui-même, cet
immense champ d'action, où mon intelligence se
met à l'aise, où ma vigilance n'est jamais en défaut,
où ma volonté triomphe des obstacles, où ma fermeté reçoit sans faiblir les chocs les plus terribles,
où enfin ma loyauté ne cède à aucune tentation.
Car, sachez-le, frère Bertrand, et, malgré votre dédain pour la carrière que j'ai embrassée, soyez en
fier : jamais Edouard du Penhoer n'a transigé avec
l'honneur, avec la délicatesse dans ce qu'ils ont de
plus strict, et il n'est pas un seul des actes de sa
longue carrière financière qu'il ne fût prêt à sou-
mettre à l'arbitrage de ses nobles aïeux..... Vous, et
tous les miens, vous m'avez accusé de n'avoir point
eu assez de souci de la dignité de notre race ; je ne
discuterai pas cette opinion dont nous avons tous
souffert ; mais ce que je puis affirmer bien haut, c'est
que nul Penhoer, pas plus dans les siècles passés que
dans le temps présent, n'a plus fidèlement gardé
l'honneur de son nom et la légitime satisfaction de
sa conscience.

Pendant qu'il parlait ainsi en marchant à grands
pas dans son cabinet, Edouard du Penhoer semblait
avoir grandi de plusieurs pouces. Il portait la tête
haute, son regard étincelait, et Bertrand, malgré ses

préjugés, était forcé de reconnaître en lui les traits les plus caractéristiques d'un véritable gentil-homme.

— Je n'ai jamais mis en doute, ni votre loyauté, ni votre honneur, Edouard ; si je l'eusse fait, jamais vous ne m'eussiez vu chez vous.

— Ne m'a-t-on pas cependant assez accusé, condamné, repoussé...

— Pas comme indigne ou déloyal, Edouard ; je puis le jurer, mais seulement comme ayant embrassé une carrière opposée aux traditions, aux habitudes.... aux...

— Aux préjugés, tranchons le mot, Bertrand, aux préjugés de notre caste.

— Traditions ou préjugés, ne discutons pas à cet égard, Edouard.

— Vous avez raison, ne risquons pas de terminer par une querelle une entrevue que je vous remercie de m'avoir procurée. Nous avons assez longtemps joué aux frères ennemis ; séparons-nous amis.

— Et moi, mon oncle, dit Ondine en lui prenant la main, vous laisserai-je fâché contre moi.

— Fâché, pourquoi ?

— Mais pour mon empressement de tout à l'heure à vous quitter.

— Non, ma foi, car cet empressement était ce qui pouvait être le plus avantageux pour tous..... Mais vous avez besoin de vous reposer; j'ai besoin de travailler, par conséquent...

— Il est temps que nous vous quittions. Eh bien, donc, adieu.

— Encore un instant, frère. Vous m'avez demandé une promesse à l'égard de cette jeune fille que vous appelez Ondine et à qui j'aimerais un nom plus chrétien. Cette promesse, je vous la fais, mais Dieu sait ce que deviendra entre mes mains un semblable dépôt; ce que je puis dire, c'est que j'ignore complétement... Toutefois, mon frère, n'ayez pas trop d'inquiétude, jusqu'à ce moment rien de ce qui m'a été confié n'a périclité entre mes mains, et j'espère bien qu'il en sera toujours ainsi.

— Je puis donc compter pour Ondine...

— Sur un asile et, dans la mesure compatible avec mes affaires, sur un protecteur; c'est chose convenue. Ce qui n'empêche pas que je vous serai obligé de me faire remettre les vêtements et autres objets que vous m'avez dit être de nature à lui faire retrouver ses parents, car, je ne vous cache pas que, lorsqu'elle sera chez moi, je serai très-empressé de chercher, et très-heureux de découvrir sa famille, afin de...

— Vous en débarrasser, reprit presque gaiement le commandant. Alors, mon frère, vous ferez bien de vous hâter, car, si vous gardez quelques jours seulement cette chère petite fée auprès de vous, je vous garantis que vous n'aurez pas de plus grande inquiétude que de vous la voir enlever.

— Hum! hum! ce n'était pas assez de transformer cette enfant-là en fille de la mer, il faut maintenant en faire une fée. Pourquoi pas tout de suite une habitante de l'Olympe?

— Tout ce que vous voudrez, pourvu que ce soit quelque chose de bon et de dévoué.

— Une perfection, n'est-ce pas?... N'oubliez pas les vêtements surtout.

— Il me serait difficile de les oublier; car, tenant à ce qu'ils soient immédiatement sous votre garde, je vous les ai apportés. Les voici.

Le banquier prit le petit paquet que lui tendait son frère et, ouvrant un des coffres-forts dont nous avons parlé, il l'y plaça sans même le déplier.

— Adieu, frère, dit le commandant en se levant; nous ne nous reverrons probablement plus en ce monde, laissez-moi vous remercier pour la tranquillité que vous venez d'assurer à mes derniers jours.

— Ne me remerciez pas, Bertrand; j'ai en horreur les formules de ce genre. — Dites-moi plutôt que vous ne m'en voulez pas de ne pas vous offrir l'hospitalité; mais je suis un vieux garçon passablement original, et je doute que, dans tout mon logis, il y ait, à part cette pièce, un seul siége où vous pussiez vous asseoir... Je ne voudrais cependant pas vous laisser partir sans vous serrer de nouveau la main; veuillez donc me dire à quel hôtel et à quelle heure je pourrai vous trouver.

— Pas ailleurs qu'au vieux manoir, si le cœur vous en dit, mon cher Edouard, car dans moins de deux heures nous serons en route pour y retourner.

— Adieu donc, frère ; adieu, jeune fille...

— Puis-je, en retournant votre phrase de tout à l'heure, vous demander si le mot : ma nièce, vous paraît trop pénible à prononcer? demanda Ondine en souriant.

— Bien frappé! s'écria le banquier. Je ne vous fais donc pas peur, ma nièce ?

— Pourquoi aurais-je peur de celui qui vient de me promettre si généreusement son appui? s'écria Ondine en portant vivement à ses lèvres la main d'Edouard.

Celui-ci se pencha vers elle :

— Que Dieu vous bénisse, mon enfant; vous serez toujours la bienvenue chez moi.

Et pressant la main du commandant dans les siennes, il ajouta :

— Dieu veuille cependant que vous y veniez le plus tard possible.

.   .   .   .

Quelques instants après, seul dans son cabinet, le
banquier, au lieu de se mettre au travail, continuait
de se promener de long en large dans la grande pièce
silencieuse.

— C'est étrange, se disait-il; je croyais avoir à jamais brisé tous les liens de famille, en avoir fini avec
tous les souvenirs du passé, et il a suffi de ce simple mot : « Frère » que je croyais ne plus jamais
devoir m'être adressé, pour renouer tous ces liens,
raviver tous ces souvenirs... Il me semble que je
suis un autre homme; où je n'avais plus qu'un morceau de marbre, je sens battre un cœur..... Comment ai-je pu les laisser partir... Bertrand était si
pâle, si défait !... Il ne m'a pas donné son adresse,
mais il part ce soir et au bureau de la diligence,
je.....

Un coup discret frappé à la porte du cabinet interrompit ce monologue.

— Entrez, dit le banquier en reprenant sa place
accoutumée devant son bureau.

Le vieux caissier fit quelques pas dans la pièce. Il
tenait à la main une assez volumineuse liasse de papiers.

— Monsieur veut-il bien prendre la peine de par-
courir ces lettres et de les signer avant l'heure du
courrier? dit-il.

— Où diable avais-je donc la tête! s'écria Edouard

du Penhoer en jetant un regard rapide sur la pen-
dule placée en face de lui. Et il ajouta à demi-voix :

— Pour la première fois depuis trente-cinq ans
que je suis dans les affaires, j'ai failli manquer
l'heure du courrier. Décidément les émotions du
genre de celles d'aujourd'hui ne me valent rien, et
Bertrand a bien fait de ne pas me laisser son adresse.

————

CHAPITRE VIII

BRISEMENT DE CŒUR

I

Le commandant rentra au manoir, l'esprit délivré de la cruelle inquiétude qui l'avait si péniblement affecté en ces derniers temps.

Il savait de longue date que la parole de son frère était inviolable, et dans cette dernière entrevue avait pu s'assurer que, sous une écorce raboteuse, Edouard cachait un cœur généreux et compatissant.

Ondine retrouva avec bonheur ses occupations paisibles, et elle déclara à Anne-Marie qui l'interrogeait curieusement sur les nouvelles de Paris, que rien, dans la grande capitale, n'était comparable à la majesté de l'Océan se brisant sur les rochers ou à la splendeur du soleil se couchant dans le sein des flots.

Les premiers jours qui s'écoulèrent après son retour furent des jours de calme et de bonheur ; tout entière à la satisfaction de se dévouer à son père adoptif, elle ne se souvenait de l'oncle Edouard que pour lui être reconnaissante du repos d'esprit que sa promesse, en ce qui la concernait, avait procuré au commandant.

Cette promesse d'ailleurs la préoccupait peu ; son cœur ne voulait pas admettre la possibilité qu'elle eût, de bien longtemps du moins, à en voir la réalisation.

Mais, lorsqu'au bout de quelques semaines, M. du Penhoer, auquel son voyage et les vives émotions de son séjour à Paris avaient communiqué une animation fébrile et trompeuse, retomba dans l'état d'abattement et de faiblesse qui avait marqué les premiers jours de sa convalescence, la pauvre enfant s'alarma sérieusement.

Le docteur chercha en vain à lui déguiser le danger; elle comprit, à l'embarras de ses réponses, qu'il n'était pas plus rassuré qu'elle-même; dès lors sa vie ne fut plus qu'une continuelle angoisse.

L'hiver s'écoula lentement. A mesure qu'on approchait du printemps, le malade et sa garde fidèle cherchaient à se persuader que le beau temps amènerait une heureuse modification dans la santé du valétudinaire.

Mais les beaux jours arrivèrent sans que les forces du commandant cessassent de décliner.

Vers la fin d'avril il ne lui fut plus possible de quitter son lit, pas même pour s'asseoir sur le grand fauteuil qu'Ondine avait fait monter dans sa chambre et placer près de la fenêtre.

Dès lors, ne se faisant plus aucune illusion, il désira que sa fille vît, elle aussi, les choses telles qu'elles étaient, afin qu'elle ne fût pas trop cruellement surprise par la crise finale qu'il sentait ne pouvoir tarder désormais bien longtemps.

— Me voici encore une fois à l'ancre, lui disait-il avec le calme sourire revenu sur ses lèvres depuis son voyage à Paris; mais ce ne sera pas pour longtemps. Je sens qu'il me faudra bientôt mettre à la voile pour le voyage qui me conduira au port de l'éternité.

Et quand, à ces paroles, Ondine, ne pouvant maîtriser son angoisse, fondait en larmes :

— Pourquoi pleurer, chère enfant, lui disait-il, n'ai-je pas assez vécu puisqu'il m'a été donné, après t'avoir vue grandir en taille et en vertus, d'assurer ton avenir?... J'ai tout fait pour orner ton esprit, pour élever et développer ton cœur, et Dieu a béni mes efforts.... Quel que soit maintenant ce qu'il nous destine, nous n'avons tous deux que des actions de grâces à lui rendre.

Une nuit, à la suite d'une syncope qui effraya non-seulement Ondine, mais encore Jeannic et Anne-Marie qu'elle avait mandés en toute hâte, la blessure du commandant se rouvrit. Il sentit que c'était l'annonce de sa fin, et demanda lui-même les derniers sacrements. Il les reçut avec une grande ferveur et parut en éprouver un soulagement sensible.

Le recteur ne quittait presque plus le manoir, Jeannic et Anne-Marie s'y étaient installés à demeure. Ondine se surpassait elle-même en activité courageuse.

A mesure que le moment fatal approchait, elle se montrait plus forte, plus maîtresse d'elle-même. Elle souriait doucement au mourant, et ne lui laissait jamais voir que ce visage doux et calme qu'il avai toujours tant aimé à contempler.

— Encore un peu de temps, et nous ne nous verrons plus, lui disait-il parfois; mais encore un peu plus de temps et nous nous retrouverons, ma chérie, pour ne plus jamais nous quitter.

D'autres fois encore:

— Tu seras heureuse, ma bien-aimée, de tout le bonheur que tu m'as donné, et ma bénédiction t'accompagnera jusqu'au dernier jour de ta vie.

Quand Ondine entendait ces paroles, son cœur se brisait. Et cependant elle n'éclatait pas en sanglots, elle ne protestait pas. Le souvenir de l'exemple de Marie au pied de la croix la soutenait, la fortifiait, lui donnait le pouvoir de refouler ses larmes, de dissimuler son angoisse.

Mais dans les rares moments où elle était seule, sa douleur reprenait le dessus et débordait.

— Orpheline ! Deux fois orpheline ! s'écriait-elle. Mon Dieu ! mon Dieu ! ayez pitié de moi.

Et si alors l'image de l'oncle Edouard se présentait à son esprit, ce n'était pas, nous devons le dire, sous un aspect bien consolant. La perspective d'aller vivre auprès de lui lui apparaissait comme un devoir qu'elle ne devait pas repousser, puisque telle était la volonté de son père. Mais combien eût-elle préféré continuer à vivre au manoir, sous la protection de Jeannie et d'Anne-Marie !

Que lui eussent importé la pauvreté, les privations, pourvu qu'elle pût continuer à aller prier dans la vieille église où elle avait appris à connaître et à chercher Celui qui est le maître des cœurs et qui leur dispense la consolation et la paix ; pourvu qu'elle ne s'éloignât pas du modeste cimetière, où bientôt le seul ami qu'elle possédât irait dormir son dernier sommeil à côté de la fidèle servante qui y reposait déjà !

II

Pendant une recrudescence de forces qui réjouit Ondine, tandis qu'elle provoquait chez le vieux médecin un hochement de tête significatif, le commandant, secouant la torpeur qui depuis plusieurs se-

maines engourdissait ses membres et semblait en
chaîner sa volonté, se fit donner tout ce qu'il faut
pour écrire et voulut demeurer seul.

La première personne qui, sur sa demande, entra
dans sa chambre fut Jeannic.

M. du Penhoër lui tendit un large pli:

— C'est toi, lui dit-il, toi, mon fidèle matelot, que
j'ai choisi pour me rendre le dernier service que
j'aie à réclamer avant de quitter ce monde.

Du revers de sa main calleuse, Jeannic essuya les
grosses larmes que ces paroles avaient fait monter
de son cœur à ses paupières, et, d'une voix qu'il
s'efforçait vainement de raffermir, il répondit:

— Parlez, mon commandant, et vous serez obéi.

— Ecoute-moi bien, Jeannic: aussitôt que j'aurai
rendu mon âme à Dieu, et il n'y en a plus pour bien
longtemps à présent, tu iras porter à la poste cette
lettre qui est destinée à mon frère. Tu n'en diras
rien à Ondine, et ensuite, toi et Anne-Marie, vous
continuerez à habiter auprès de cette chère petite;
vous la consolerez, vous l'obligerez à se soigner jusqu'à ce que mon frère arrive, ou... envoie quelqu'un
pour chercher la pauvre enfant. Alors..... alors, ce
n'est plus moi qui ordonnerai au manoir, Jeannic,
ce sera lui, Edouard, et tu lui obéiras. Peut-être ne
nous reverrons-nous plus sans témoins, mon brave
camarade; si donc les paroles que je vais prononcer

sont les dernières que je t'adresserai, garde-les dans
ton cœur : si jamais Ondine avait besoin de toi, si
jamais elle réclamait tes services ou ceux d'Anne-
Marie, mon âme, dans le ciel, vous tiendra compte,
comme fait à moi-même, de tout ce que vous ferez
pour elle.....

Jeannic pleurait à chaudes larmes; il tenait à la
main l'enveloppe que lui avait remise M. du Penhoer
et ne songeait par à la cacher, lorsque la voix d'Ondine se fit entendre.

— Puis-je entrer? demandait-elle.

Le commandant fit un signe au pêcheur, qui glissa
le pli dans sa poitrine et alla ouvrir la porte.

Ondine, sans remarquer l'émotion du rude marin,
se précipita vers le lit qu'elle débarrassa du pupitre
et des plumes qui l'encombraient.

— Vous avez trop travaillé, mon père; voulez-
vous donc me faire gronder par le docteur qui,
m'ayant délégué ses pouvoirs, va me rendre responsable de votre fatigue?

— Tu lui diras, mon enfant, que je ne vous dé-
sobéirai plus ni à l'un ni à l'autre, car désormais ma
tâche sur la terre est achevée!

A partir de ce moment, en effet, le malade retomba dans l'état d'accablement d'où il n'était sorti
un instant que par un puissant effort de tendresse
paternelle.

8

Il alla en s'affaiblissant graduellement, ne se reprenant parfois à la vie que pour faire des actes de confiance et d'abandon à la volonté divine.

Un soir, pendant qu'Ondine, seule dans la chambre, allait et venait, préparant pour la nuit tout ce dont elle prévoyait avoir besoin, il l'appela d'une voix affaiblie, mais parfaitement distincte.

Elle accourut.

— Sois bénie, mon enfant! lui dit-il en agitant doucement vers elle sa main tremblante....... sois bénie.....

Ce furent ses dernières paroles.

Ondine ne les oubliera jamais, et bien, bien des années plus tard, lorsque, à son tour, elle sera étendue sur son lit de mort, elle se les rappellera comme un motif de consolation, comme une promesse et un gage d'éternel bonheur!

. . . .

CHAPITRE IX

L'ONCLE ÉDOUARD

I

Edouard du Penhoer est seul dans le cabinet que nous connaissons; les deux coudes sur son bureau, la tête appuyée sur ses mains, qu'agite un tremblement nerveux, il tient son regard fixé sur une lettre ouverte.

— Jamais, non, jamais, murmura-t-il, je n'aurais cru que ce dût être si prompt. Pauvre Bertrand ! pourquoi ne l'ai-je pas retenu !... pourquoi surtout ne lui ai-je pas laissé lire dans mon cœur... Il a cru sans doute que j'étais indifférent à sa démarche, tandis que Dieu m'est témoin que...

Un bruit de voix dans la salle voisine interrompit ce monologue.

Le banquier fit violemment vibrer le timbre placé sur la table à sa portée.

M. Dumont entra presque aussitôt.

— Dumont, dit-il rapidement, je ne veux recevoir personne aujourd'hui.

— Vous oubliez, monsieur, que vous avez donné

plusieurs rendez-vous ; votre correspondant de Toulouse est déjà dans les bureaux.

— Qu'il aille au dia!... je veux dire, Dumont, qu'il
faut que vous lui fassiez mes excuses. S'il n'a pas le
temps de revenir demain, ou tel autre jour qui lui
conviendra, qu'il m'écrive. Quant aux autres personnes qui doivent venir me trouver, envoyez-leur con-
tre-ordre.

— Faut-il dire à ceux qui se présenteront que
vous n'êtes pas au logis ?

— Pourquoi mentir ? ne savez-vous pas que j'ai
horreur de tout ce qui est détour : vous direz simplement que je suis occupé et que je ne peux voir personne.

— Il suffit, monsieur, dit le caissier en se dirigeant vers la porte.

— Ah ! encore un mot, Dumont : quand vous aurez congédié le banquier de Toulouse et transmis
mes ordres, vous reviendrez. J'ai des instructions
particulières à vous donner.

Le caissier s'étant retiré, M. du Penhoer reprit la
lettre placée devant lui et la relut lentement.

Cette lettre était celle que Bertrand avait écrite
quelques jours avant sa mort et confiée à Jeannic.
Il renouvelait à son frère ses remerciements pour la
promesse qu'il en avait reçue.

« Grâce à cette promesse, lui disait-il, je meurs

« tranquille; car je sais que je laisse à ma chère
« Ondine un protecteur dévoué. Votre apparente
« froideur, mon cher Edouard, ne m'a pas trompé.
« J'ai lu dans votre cœur et je sais qu'elle trouvera
« en vous l'ami sûr, le père indulgent que j'ai été
« pour elle..... Et Dieu ne vous fera pas attendre
« votre récompense, car, quoi que vous puissiez faire
« pour cette chère enfant, vous recevrez d'elle,
« soyez-en certain, plus que vous ne lui donnerez...»

Bertrand entrait ensuite dans d'assez longs détails
sur les circonstances qui avaient accompagné le
naufrage, pendant lequel les parents de l'enfant
avaient sans nul doute péri :

« Il n'est pas probable, ajoutait-il, que ces objets
« soient jamais autre chose que des témoins muets
« du terrible drame dont la pauvre enfant a
« été victime; cependant les voies de la Pro-
« vidence sont parfois si mystérieuses qu'il serait
« possible qu'ils vous missent sur la voie de la
« famille d'Ondine... Alors, mon frère, vous verriez
« ce que vous pourriez faire, et ce que vous feriez
« serait, j'en suis sûr, pour le mieux... Que le ciel
« vous bénisse, Edouard; quant à moi, j'ai conscience
« que je vous ai légué votre récompense... »

Cette fois le banquier ne chercha pas à lutter contre son cœur, il laissa échapper la lettre et fondit en
larmes; mais cette émotion ne fut pas de longue

8.

durée, il redevint promptement maître de lui, et quand Dumont rentra, toutes traces de larmes avaient disparu.

— Me voici à vos ordres, monsieur.

— Ai-je dit que j'avais à vous en donner?

— Vous m'avez dit de revenir, monsieur, aussitôt que j'aurais congédié la personne qui voulait vous voir.

— Hum! hum!... Demain, Dumont, j'aurai à vous parler; aujourd'hui il faut que je sorte.

Tout déconcerté par ces revirements de décision qui étaient si peu dans le caractère de son patron, Dumont marmotta quelques mots d'excuse, et se retira.

II

Dès qu'il fut seul, M. du Penhoer replia soigneusement la lettre de son frère, la plaça dans le portefeuille dont il ne se séparait jamais, et, prenant son chapeau et sa canne, il sortit, non en traversant ses bureaux, comme c'était sa coutume, mais par son appartement particulier.

Cet appartement consistait en deux petites pièces à demi meublées, dans lesquelles, sauf la vieille femme qui faisait son ménage, personne autre que lui ne pénétrait jamais.

Cette installation ne pouvait évidemment plus lui suffire, et non-seulement quand Bertrand était venu lui proposer de se charger d'Ondine, il l'avait bien senti, mais encore c'était le motif qui l'avait empêché de chercher à retenir ses visiteurs. Le moment était venu de chercher un appartement, et c'est pour cela qu'il sortait.

Riche et décidé à établir sa maison sur un pied convenable, il se souciait peu du chiffre à consacrer à son loyer, pourvu que sa nouvelle demeure fût à proximité de l'ancienne, où il comptait conserver ses bureaux et sa caisse.

Au coin du boulevard et de la rue Saint-Martin il trouva ce qu'il cherchait, c'est-à-dire un magnifique premier étage, dans une maison nouvellement construite et parfaitement aménagée. Il le loua sur-le-champ, non *au terme* selon l'usage parisien, mais par un bail de neuf ans.

Puis, au lieu de revenir chez lui, il fit une longue promenade à pied, afin de se débarrasser, se disait-il à lui-même, de l'étrange oppression qui pesait sur tout son être.

Quand il rentra, les bureaux étaient fermés; il se retira chez lui, mangea à la hâte le dîner que sa femme de ménage avait dû, à sa grande surprise, faire réchauffer plusieurs fois; puis il passa le reste

de la soirée, immobile dans son grand fauteuil, songeant au passé et rêvant de l'avenir...

Le lendemain matin, lorsqu'une heure environ
avant l'ouverture des bureaux le caissier arriva, il
trouva son patron qui l'attendait avec une visible
impatience.

— Vous allez sortir sur-le-champ, Dumont.

— Et le courrier, monsieur?

— J'en fais mon affaire, aussi bien que des ordres
à donner aux employés.

— Où dois-je aller, monsieur?

— Dans bien des endroits et pour des choses qui
ne sont pas du tout de votre ressort, mon pauvre
Dumont, mais pour lesquelles néanmoins j'ai compté
sur votre obligeance; car, si je suis tout à fait incapable de m'en occuper moi-même, je ne connais
personne en qui j'aie autant de confiance qu'en vous.

A ce compliment dont le banquier n'était pas
prodigue, le fidèle caissier se redressa et un éclair
de joie anima son pâle visage.

— Hier, j'ai loué une maison... un appartement,
veux-je dire.

— Ah!

— Et il me faut un domestique, une cuisinière et
une autre servante, quelque chose comme une gouvernante ou femme de chambre; et il faut que ces
gens-là nous fournissent les renseignements les

plus sûrs touchant leur moralité, car ils seront au service d'une très-jeune fille. Il faut surtout que la gouvernante soit supérieure à ce que sont ordinairement les domestiques; qu'elle ait de la tenue et une certaine expérience du monde... Je suppose que vous me comprenez?

— Oui, monsieur, et en ce qui touche au moins à la gouvernante, je crois avoir votre affaire.

— Ce serait fort heureux, car c'est le point essentiel... Et surtout ne marchandez pas, Dumont; quand on veut avoir des gens capables et honnêtes, il faut les payer.

Dumont mourait d'envie de savoir quelle était la cause de cette révolution domestique, mais pour tout au monde il n'aurait osé hasarder une question.

Soit besoin de s'épancher, soit qu'il devinât le sentiment de curiosité de son commis, M. du Penhoer le rappela au moment où il tournait le bouton de la porte pour sortir.

— Vous ne me demandez pas qui j'attends? lui dit-il avec sa brusquerie ordinaire.

Dumont sourit; le banquier continua :

— Vous vous souvenez, je pense, de ce monsieur et de cette jeune fille qu'en mon absence, il y a quelques mois, vous avez fait entrer dans mon cabinet pour m'attendre?

Le caissier fit un signe affirmatif.

— Le monsieur était mon frère..... mon unique frère; j'ai reçu hier sa dernière lettre...

— Sa... dernière lettre?

— Oui, car il n'écrira plus à personne, dit d'une voix tremblante M. du Penhoer, dont le doigt se porta machinalement vers le chapeau posé sur son bureau. L'œil de Dumont suivit ce geste et vit ce qu'il n'avait pas remarqué encore, un crêpe autour du chapeau.

— Je crois que je comprends, murmura-t-il; c'est sa nièce que monsieur attend.

— Oui, c'est cela, Dumont ; c'est ma... nièce qui va venir demeurer auprès de moi. Il faudra aller la chercher, quelque part là-bas, au fond de la Bretagne, dans un vieux manoir où j'ai passé bien des jours heureux, Dumont, et où elle est seule maintenant, toute seule et bien triste, sans doute. Il faut donc hâter nos préparatifs.

— Oui, oui, monsieur, nous nous hâterons... Pauvre jeune fille!...

Et le bon caissier quitta rapidement le cabinet.

Quand l'argent ne manque pas et qu'on ne regarde pas de trop près à le dépenser, on trouve rapidement à Paris tout ce que l'on peut désirer.

En moins de deux fois vingt-quatre heures, l'appartement loué par le banquier fut meublé et les domestiques installés à leur poste.

III

Nous laisserons M. du Penhoer prendre possession de sa nouvelle demeure, et nous nous transporterons une fois encore au manoir où Ondine, que rendent plus charmante que jamais ses vêtements de deuil et la tristesse qui alanguit ses traits délicats, attend avec une impatience mêlée d'inquiétude que son oncle lui donne signe de vie.

Elle sait que Jeannic lui a envoyé, le jour même de la mort de M. du Penhoer, une lettre que celui-ci lui avait confiée; elle-même lui a écrit immédiatement après.

Pour la centième fois peut-être, elle se demande :

— Viendra-t-il ou écrira-t-il ?..... Tiendra-t-il sa promesse ou abandonnera-t-il l'orpheline à son sort?

En vérité, Ondine voudrait presque qu'il prît ce dernier parti.

Le calme de sa retraite, l'immensité de la mer où se perd son regard sont si bien en harmonie avec ses tristes pensées! Anne-Marie et Jeannic l'entourent de tant de soins, de tant de prévenances, et leur compassion pour sa douleur est si discrète!.. où trouvera-t-elle des cœurs qui vaillent ceux-là.....

Le bruit d'une voiture, accompagné de sonores claquements de fouet, — événement si rare à Pen

hier que c'est à peine si elle se souvient d'en avoir
été témoin une ou deux fois depuis qu'elle y habite,
— vient interrompre le cours des réflexions de la
jeune fille :

— Serait-ce ?....

Sans prendre le temps de formuler entièrement
sa pensée, elle se précipite vers la porte ouvrant sur
la route qui, de l'intérieur des terres, monte au manoir.

Elle arrive juste à temps dans l'antique cour
d'honneur dont les pavés disjoints laissent maintenant passer de toute part des touffes d'herbes, pour
y voir entrer une berline attelée de deux vigoureux
chevaux de poste.

— Mon oncle ! s'écrie-t-elle en courant à la portière.

Mais ce ne sont pas les traits à la fois sévères et
empreints de bonhomie demeurés gravés dans sa
mémoire qui s'offrent à sa vue; c'est une physionomie qu'elle se souvient d'avoir rencontrée déjà, sans
se rendre bien compte en quelles circonstances; un
visage pâle à l'expression douce et timide, au regard
un peu hésitant, sous de minces sourcils du même
blanc de neige que l'abondante chevelure qui, enca-
dre un front un peu trop bas peut-être, mais suffisamment développé en largeur pour ne laisser aucun
doute sur l'intelligence de celui à qui il appartient.

En somme, une bonne et honnête physionomie, celle d'un homme loyal et dévoué.

Ondine, désappointée, se tient debout près de la voiture sans trouver une question ou un mot de bienvenue à adresser à ce visiteur inattendu.

Dumont, de son côté, ne semble pas pressé de rompre le silence!

Il reconnaît la jeune fille, dont l'aimable visage n'est pas de ceux que l'on oublie facilement, et, la main appuyée sur la portière de la voiture, il la comtemple avec une affectueuse pitié.

Où est celui sur lequel, si peu de temps auparavant elle s'appuyait avec une confiance filiale si touchante?

Quand il les a vus tous les deux, là-bas dans le bureau enfumé, ils paraissaient s'aimer si tendrement et, aujourd'hui, il la retrouve seule... seule et en deuil.

Que dire à une âme si rudement et si récemment éprouvée?

Ondine reprend la première son sang-froid.

— Qui ai-je l'honneur de recevoir?

— Eh! quoi, mademoiselle ne me reconnaît pas? Ah! pardon : je suis Dumont, le caissier de la banque..... vous vous souvenez maintenant?

— Oui, monsieur, je me souviens de votre bienveillant accueil lors de notre voyage à Paris. Vous

m'excusez, n'est-ce pas? de ne vous avoir pas remis
de suite... J'ai passé, depuis que nous nous sommes
vus, par de si absorbantes épreuves.

— Je le sais, mademoiselle, je le sais. Et c'est
même à ce sujet que M. du Penhoer m'envoie.

— Vous m'apportez une lettre?

— Non pas de lettre, mademoiselle, mais seulement des instructions verbales.

A ce mot *instructions*, la jeune fille ne put réprimer un geste de dignité froissée.

— Oh! ne vous offensez pas, mademoiselle, de
ce que je puis dire ou faire de maladroit; c'est si
rarement qu'il m'arrive d'avoir affaire avec des jeunes dames, que j'ignore le langage qu'il est d'usage
d'employer avec elles. Je n'ai point reçu d'*instructions*
vous concernant, sinon de me mettre à votre disposition et de vous traiter avec tout le respect, toute la
déférence qui sont dus à la nièce de mon patron.

Lui-même, mademoiselle, il voulait venir, il voulait vous écrire, mais, m'a-t-il dit : — Je ne me sens
pas le courage de revoir en ce moment le vieux manoir; quant à écrire à Ondi... à ma nièce, vous lui
direz, Dumont, que j'ai essayé de le faire, mais que,
n'ayant écrit de ma vie d'autres lettres que des lettres d'affaires, il m'a été impossible de formuler
deux phrases qui valussent la peine d'être lues; vous
ajouterez que mon cœur à cet égard vaut mieux

que ma plume, ainsi qu'elle s'en apercevra bientôt, je l'espère.

— Et maintenant que voilà la commission faite et faite à souhait, laissez-moi, monsieur Dumont, vous introduire dans le cher vieux manoir et vous y offrir la bienvenue.

Ebloui par le ravissant sourire qui accompagnait ces paroles, le brave caissier se laissa prendre le bras et entraîner par la jeune fille vers le manoir.

— Mais la voiture, mademoiselle, la voiture et le postillon! dit-il enfin, en cherchant à se dégager.

— Jeannic, que voici, en prendra soin, monsieur, et quand les chevaux se seront suffisamment reposés, quand le postillon se sera rafraîchi, il sera temps pour vous de penser à les congédier. En attendant, venez vous reposer vous-même et me parler de mons... de mon oncle.

— Oh! pour cela, volontiers, mademoiselle. Je suis depuis plus de trente ans le caissier et, je puis dire, l'homme de confiance de M. du Penhoer; j'ai blanchi à son service, mademoiselle, et je ne connais rien et personne au monde à qui je sois plus sincèrement attaché qu'à lui.

— Ces sentiments vous honorent, monsieur Dumont.

— Ils honorent bien davantage celui qui les inspire, s'écria naïvement le caissier.

Ondine eut un second sourire.

— Ainsi, monsieur Dumont, vous dites que mon oncle n'a pu se décider à venir au manoir et qu'il n'a pas su m'écrire. Je ne m'attendais à aucune de ces deux difficultés, et puisque je ne puis savoir ni de ses lèvres ni de sa main ses intentions à mon égard, je vous serai reconnaissante de me les faire connaître; mais, avant de parler, reposez-vous bien à l'aise, là, sur ce grand fauteuil où vous êtes digne de vous asseoir, car vous êtes, je le vois, doué d'une âme loyale et dévouée. Pour comprendre mes dernières paroles il faut que vous sachiez, monsieur Dumont, que ce fauteuil est celui de mon père; je l'avais fait monter dans sa chambre, au-dessus, pendant sa maladie, mais je l'ai fait redescendre depuis afin de l'avoir sous les yeux. Il me semble ainsi que je ne suis pas aussi seule. C'est pour moi une véritable relique, et croyez que je n'y ferais pas asseoir tout le monde... avant de vous l'offrir, je ne l'avais présenté qu'à notre digne recteur qui est un véritable saint.

Le brave Dumont ne cherchait pas à dissimuler les larmes que l'émotion — une émotion à la fois douce et triste — faisait monter à ses yeux.

— Mais je ne suis pas un saint, murmura-t-il enfin, moitié souriant, moitié ému.

— Vous êtes un honnête homme, un homme reconnaissant et dévoué, et si ce n'est pas là la sainteté, c'est du moins le chemin qui y conduit, répliqua Ondine.

— Il pourrait assurément m'arriver pire que d'être ainsi à demi canonisé.

— Laissez-vous donc faire, cher monsieur, et en attendant la canonisation complète, car vous me paraissez trop bien doué pour ne pas être un bon chrétien, ne vous occupez plus qu'à faire honneur à nos galettes et à notre cidre breton.

Et en parlant ainsi, la jeune fille étendait une serviette sur le guéridon et y plaçait, à mesure qu'elle les sortait du buffet, les divers éléments d'une confortable collation.

Dumont voulut protester, mais il dut se résigner à recevoir les soins attentifs de sa jeune hôtesse qui, dès ce premier moment, devint pour lui ce qu'il lui était donné d'être pour tous ceux qui l'approchaient, « la charmante enchanteresse, la radieuse fée du logis. »

IV

M. Dumont a achevé de faire honneur à la collation que lui a servie Ondine, le postillon, largement payé, a emmené ses chevaux, et le manoir est rentré dans son calme accoutumé.

En attendant le dîner qu'Anne-Marie, aidée de sa nièce, s'occupe à préparer, Ondine et le caissier de son oncle, assis en face de la vaste mer, à cette même place où la jeune fille et Yvonne aimaient à venir deviser ensemble, s'entretiennent tour à tour du banquier au sujet duquel Ondine ne se lasse pas de questionner, et du commandant dont elle ne se fatigue pas davantage de rappeler les bontés pour elle.

Ni l'un ni l'autre ne fait allusion à la position délicate de l'orpheline qui, comprenant que le banquier a gardé le secret de sa situation vis-à-vis de lui, prend grand soin de ne pas aborder ce sujet.

— Vous dites, monsieur Dumont, que mon oncle n'est pas trop contrarié du changement que ma présence va apporter chez lui. Voyons, franchement, croyez-vous qu'il soit vraiment désireux de me voir arriver?

— Vous ne connaissez pas votre oncle, mademoiselle; on dompterait plus aisément ces flots qui sous nos pieds mugissent à donner le vertige, qu'on ne l'amènerait à dire une chose qu'il ne penserait pas.

— Et il vous a dit?.....

— Amenez-la-moi bien vite, Dumont, et dites-lui surtout que, si j'ai tardé quelques jours à l'envoyer prendre, c'est uniquement parce que je voulais disposer toutes choses de manière à ce qu'elle se trouvât bien chez moi.

— Les femmes ont la réputation d'être toutes plus ou moins curieuses. Vous ne vous étonnerez donc pas, mon bon monsieur Dumont, que je vous demande en quoi consistent ces préparatifs que mon oncle a jugé devoir faire à mon intention.

— Oh ! mademoiselle, il y a d'abord l'appartement du boulevard...

— Un appartement, pour moi ! Ce n'est donc pas sous son propre toit que M. du Penhoer veut me loger ?

— Sous son propre toit, certes oui, mademoiselle ; mais pas sous celui de la maison de la rue Beaubourg ; c'eût été trop sombre, trop restreint. La banque seule y restera et monsieur et vous avec les trois domestiques que j'ai choisis en âme et conscience, je vous le jure....

— Trois domestiques ! Vous moquez-vous de moi, monsieur ? Je croyais que mon oncle se bornait au service d'une unique servante ?

— Quand il était seul, oui, mademoiselle ; mais à présent...

— Je vois, monsieur Dumont, que mon oncle et vous vous avez déjà fait bien des folies pour moi. Il faudra que je mette bon ordre à tous ces changements, à toutes ces prodigalités dont je n'ai nul besoin, et qui constituent un de ces dérangements d'existence que les personnes de l'âge de M. du Penhoer ne s'imposent qu'au prix de véritables sacrifices.

— Ne vous tourmentez pas à cet égard, M. du Penhoer est riche, fort riche.

— Je ne parle pas de sacrifices d'argent ; ceux-là, j'ai pris l'habitude de les compter pour peu de chose, et, d'ailleurs, je crois mon oncle trop prudent pour aller jamais au delà de ses moyens. Les sacrifices dont je parle sont la transformation des goûts, des habitudes, de la manière de vivre.

— Sous ce rapport il y a déjà eu révolution complète chez nous, mais je dois vous dire de suite, pour vous rassurer, qu'au rebours des révolutions politiques ou sociales présentes et futures, celle qui a tout bouleversé chez nous n'a mécontenté personne. Loin de là, tout le monde, et M. du Penhoer le premier, en paraît enchanté. Et puis il n'y a pas à y revenir, l'appartement est loué pour neuf ans, les meubles sont payés et mis en place ; quant aux domestiques, je ne crois pas qu'avec la meilleure volonté vous trouviez matière à les congédier.

— Je me laisserai donc choyer sans résistance, monsieur Dumont ; mais, en vérité, mon oncle commence par me gâter.

— A ce propos, mademoiselle, j'oubliais qu'à défaut de la lettre qu'il n'a pas pu vous écrire,

M. du Penhoer m'a remis pour vous certains autres petits papiers que voici.

— Oh ! le joli petit souvenir ! s'écria Ondine en
s'emparant d'un mignon agenda en cuir de Russie,
sur lequel se détachaient en lettres d'argent les deux
initiales brodées sur son linge d'enfant : L. S.

Elle allait l'ouvrir lorsque M. Dumont lui
retint la main.

— Prenez garde, mademoiselle, lui dit-il en souriant ; il serait fâcheux que « les petits papiers » que
ce portefeuille contient fussent portés par le vent
dans la mer.

Ondine recula de quelques pas, se plaça à l'abri
du vent et fit glisser l'agrafe de l'agenda.

Sur le premier feuillet une douzaine de nombres
mystérieux étaient alignés, et entre chacune des
feuilles suivantes était posé, en guise de papier bu-
vard, un mince papier soigneusement plié du for-
mat exact du portefeuille.

— Qu'est-ce que cela? s'écria Ondine, et dépliant
l'un après l'autre les carrés de papier, elle compta
dix billets de cent francs et deux de cinq cents.

Cette somme représentait plus d'une année des
revenus du commandant et jamais, la jeune fille n'a-
vait vu au manoir tant d'argent à la fois.

— Même en chaise de poste, le voyage de Paris
ne saurait coûter autant, dit-elle tout étonnée.

9.

— Aussi n'est-ce point la destination de ces chiffons de papier, mademoiselle. Je suis muni d'un autre portefeuille suffisamment garni pour payer non-seulement le voyage, mais pour régler tous les comptes qu'a pu laisser monsieur votre père.

— Mon père n'a jamais eu de dettes, interrompit Ondine avec une certaine hauteur. Et j'ai trouvé dans son secrétaire de quoi faire amplement face aux frais de sa maladie et de ses funérailles..... mais là n'est pas la question. Dites-moi plutôt ce que mon oncle pense que je puisse faire de tant d'argent.

— Tout ce qui vous plaira, mademoiselle. Cet argent vous est offert pour vos menues dépenses; c'est ce que de mon temps les jeunes dames appelaient « leurs épingles ».

— Deux mille francs pour mes épingles ! y songez-vous, monsieur Dumont?

— Il est certain qu'à prendre les mots dans leur sens littéral, il y aurait de quoi entretenir d'épingles toutes les jeunes filles de la Bretagne pendant un temps assez long. Mais il y a épingles et épingles, mademoiselle Ondine, et j'imagine que M. du Penhoer désire que vous vous procuriez des plus belles et que vous ne les épargniez pas.

— Mon oncle est trop bon, et mon premier soin

en arrivant à Paris sera de lui rendre cet argent dont je n'ai pas besoin.

— Ne faites pas cela, mademoiselle; je connais votre oncle mieux que personne; s'il est un chapitre sur lequel il n'entend pas raison, c'est sur celui de ses bontés. Je jurerais que son plus grand souci à été toute sa vie que sa main gauche ignore les dons que dispense sa main droite. Si vous tenez à le remercier de cet argent, glissez rapidement sur ce sujet et ne lui en reparlez jamais, si ce n'est, au besoin, pour lui dire que vous avez fini de le dépenser. Il s'empressera de le remplacer et en sera heureux.

Ondine n'insista pas, elle ferma le carnet et le glissa dans sa poche.

Dès ce moment, M. Dumont fit à peu près seul les frais de la conversation. Sa jeune compagne ne l'écoutait plus que d'une oreille distraite. Elle était évidemment absorbée par ses pensées.

— Que de préoccupations et de soucis une pareille somme aurait évités à mon pauvre père, se disait-elle; que de moyens de soulagement, de guérison peut-être, elle lui aurait fournis. Avec le quart de cela, nous aurions pu faire venir, en ces derniers temps, ce médecin de la faculté de Rennes que le docteur a consulté par écrit!... Nous aurions pu aller aux eaux qu'il a conseillées...

La voix de Jeannic, qui venait annoncer que le

dîner était servi, rendit la jeune fille à elle-même.

Quelques instants plus tard, à table avec son hôte, elle lui demandait :

— Quel jour mon oncle nous attend-il?

— Mais le plus tôt possible, mademoiselle, car, outre l'impatience bien naturelle avec laquelle M. du Penhoer doit désirer votre arrivée, il lui est difficile de se passer longtemps de moi; aussi n'a-t-il pas voulu me laisser prendre la diligence. « Allez et revenez en poste, m'a-t-il dit : car pour vous plus que pour personne « le temps est de l'argent. » Par conséquent, mademoiselle, aussitôt que vos dispositions seront prises, et que nous aurons réglé vos affaires...

— Je vous ai déjà dit que je n'avais pas d'affaires à régler, monsieur; à moins cependant que mon oncle ne vous ait donné des instructions particulières touchant le manoir.

— M. du Penhoer ne m'a donné à ce sujet aucune instruction; il m'a seulement dit, mademoiselle, de m'entendre avec vous.

— En ce cas, voici ce que je voudrais : le prix de location du manoir serait insignifiant et d'ailleurs il me répugnerait de le voir habiter par des étrangers; je désirerais le laisser à la garde de Jeannic et d'Anne-Marie qui ont été pour mon père et pour moi plus que des serviteurs fidèles, des amis dévoués:

leur chaumière qui dépend de la succession de mon père serait laissée à leur fils aîné qui vient de finir son temps dans la marine de l'État. Quant au petit revenu de la ferme, il serait, selon le désir de mon oncle, attribué à Jeannic ou envoyé à Paris.

— Il sera fait comme vous le voulez, mademoiselle, et Jeannic peut dès aujourd'hui considérer le produit de la ferme comme lui appartenant à titre d'émoluments de gardien du manoir. Je ne doute pas qu'aussitôt après notre arrivée à Paris, M. du Penhoer ne lui envoie, en bonne et due forme, les pouvoirs nécessaires pour gérer et diriger toutes choses. Ceci réglé, restent vos préparatifs personnels.

— Lesquels ne me prendront pas plus de quelques heures; je descendrai demain de bonne heure au village où j'ai à faire mes adieux à mon digne ami le recteur et à prier, pour la dernière fois pendant des années peut-être, sur la tombe de mon père. Je rentrerai pour déjeuner et aussitôt après nous pourrons partir.

— Ne pourrai-je, mademoiselle, vous accompagner au village, M. du Penhoer me saura gré, j'en suis sûr, d'être allé de sa part porter un souvenir à son frère?

— Je n'osais vous le demander, répondit Ondine en lui tendant la main.

Par un mouvement instinctif de sympathie et de respect, le vieux caissier porta cette mignonne petite main à ses lèvres.

— Où diable avais-je l'esprit, se dit-il à lui-même, quand je considérais comme une corvée ce voyage en Bretagne? Jamais je ne me suis senti plus heureux et plus satisfait de moi-même que depuis que je me sens utile à cette chère et charmante enfant !

V

Une fugitive lueur émergeant de l'Océan annonçait à peine la prochaine apparition du soleil, lorsque Ondine et son hôte quittèrent le manoir pour se rendre au village.

Tous deux gardaient le silence.

— Croyez-vous, monsieur, dit tout à coup la jeune fille, que je puisse réellement disposer à ma fantaisie du riche cadeau que m'a fait mon oncle?

— Pour acheter des épingles?...

— Non, pour faire des heureux.

— Ah ! mademoiselle, voilà une parole qui rendrait votre oncle bien fier de vous s'il pouvait l'entendre... Et j'imagine même qu'il le pressentait jusqu'à un certain point quand il a garni votre portefeuille.

— Bien vrai?

— Eh ! mon Dieu, lui-même n'en fait jamais d'autres. Il ne tient pas à l'argent, et je jurerais qu'il n'a songé à en gagner que dans le but..... mais, pour en revenir à votre projet, puis-je vous demander de m'y faire participer en me le communiquant?

— Non-seulement en vous le communiquant, mais en vous demandant votre avis; car je suis depuis trop peu de temps livrée à moi-même pour pouvoir prendre une aussi grave décision sans le conseil d'une personne expérimentée.

— Je vous écoute, mademoiselle.

— Voici ce dont il s'agit : Yvon, le fils de Jeannic et d'Anne-Marie, dont je crois vous avoir parlé hier, est fiancé depuis plusieurs années à sa cousine, une jeune fille qui est à mon service et que j'aime presque comme une sœur. Ils doivent se marier aussitôt qu'Yvon aura les moyens de pourvoir à l'entretien d'un ménage, c'est-à-dire lorsque, après plusieurs engagements à bord de quelque bâtiment marchand, il aura économisé de quoi acheter une barque de pêche. D'ici là des années s'écouleront et leur bonheur sera retardé d'autant, sans compter que les voyages au long cours sont pleins d'incertitudes, de dangers.

J'ai longuement songé à tout cela la nuit dernière et je me suis dit qu'alors même que mes deux

mille francs ne feraient que rapprocher d'une année l'entrée en ménage des deux fiancés, que
leur éviter quelques larmes, ce serait le meilleur
emploi que j'en pusse faire... N'est-ce pas votre
avis aussi, monsieur?

Dumont était trop ému pour pouvoir parler; il fit
un signe d'assentiment.

— Toutefois ce n'est pas à Yvon que je remettrai
l'argent, continua Ondine, il n'a pas assez d'expérience peut-être pour l'employer convenablement.
Je chargerai Jeannic d'acheter la barque et les ustensiles de pêche.

— Lui en avez-vous déjà parlé?

— Non, monsieur, j'ai voulu vous consulter auparavant.

— Comment pouvez-vous m'honorer d'une si
grande confiance; vous me connaissez à peine?

— Il ne faut pas vous voir longtemps, monsieur,
pour vous connaître! D'ailleurs, vous avez toute la
confiance de mon oncle, comment ne vous donne-
rais-je pas la mienne?...

— Ma foi, mademoiselle, vous et votre oncle vous
faites la paire, pardonnez-moi cette expression un
peu trop familière peut-être; vous avez des cœurs
d'or, avec cette différence que le vôtre se révèle de
suite sous votre charmant et angélique sourire;
tandis qu'il faut chercher le sien sous la rudesse de

ses manières. Vous me demandiez tout à l'heure s'il vous approuverait, je vous répondrai : il ferait plus que de vous approuver, il voudrait s'associer à votre œuvre et serait capable, ma foi! d'acheter une seconde barque à votre protégé. Quand vous voudrez employer de l'argent de cette façon, je puis vous garantir que vous n'aurez qu'un mot à dire pour que la caisse vous soit toute grande ouverte.

Et ce n'est pas seulement depuis qu'il est arrivé à la fortune que votre oncle est généreux, il l'a toujours été; je veux vous en citer un exemple. Aussi bien faut-il pour votre bonheur et pour le sien que vous le connaissiez assez pour l'apprécier dès à présent à sa juste valeur.

C'était au commencement de la maison de banque, et déjà M. du Penhoer m'honorait de sa confiance, lorsque survint, pour moi, un de ces chagrins de famille que vous ne connaîtrez, j'espère, jamais.

Un soir que, me croyant seul, j'avais donné cours à mes larmes, j'entendis tout à coup un de ces hum! sonores dont il a gardé l'habitude.

Je relevai vivement la tête.

« — Enfin m'apprendrez-vous de quoi il retourne ? me dit-il d'un air grondeur.

« — Mais en vérité, monsieur, ce n'est rien du tout, lui répondis-je.

« — Comment, rien !... Et-ce donc pour rien que vous avez mouillé à ce point ces malheureuses manches qui n'en peuvent mais?... »

Et, en parlant ainsi, il me montrait la manche de lustrine noire sur laquelle ma tête était appuyée quelques instants auparavant et dont mes larmes avaient fait déteindre la couleur.

« — Est-ce pour rien aussi que vos traits sont si. bouleversés et vos yeux si gonflés depuis trois jours que c'est à ne pas vous reconnaître? Il ne me convient pas d'avoir sous les yeux une mine aussi piteuse, et je saurai, morbleu! d'où souffle le vent, sinon... »

Je tremblais comme une feuille, je m'attendais presque à recevoir mon congé et, malgré ma bonne envie d'obéir, je ne pouvais trouver une parole.

« — Enfin parlerez-vous? quel malheur vous a frappé?

« — Vous savez, monsieur, dis-je enfin, que je n'ai qu'une sœur, et qu'elle et son mari sont tous deux faibles et valétudinaires. Je ne puis guère leur venir en aide, car j'ai, vous le savez aussi, ma vieille mère à soutenir.

« — Je sais tout cela; mais je sais aussi qu'ils ont un fils, excellent sujet, qui gagne déjà assez pour suffire à peu près aux besoins du ménage... Ce fils serait-il malade à son tour ou menacerait-il de se déranger, de se mal conduire ?

« — Non, monsieur, non, grâces au ciel ! mais il vient de tirer au sort ; il a amené un mauvais numéro et...

« — Et c'est parce qu'il va avoir l'honneur de servir la France que vous larmoyez ainsi. En vérité, le beau malheur ! Décidément l'esprit militaire, le patriotisme s'en vont,... C'est absurde, je ne veux plus entendre parler de cela et surtout... surtout, Dumont, je ne veux plus voir de larmes ! »

A la manière dont, à la suite de cette remontrance, il jeta la porte de son cabinet, je le crus sérieusement mécontent, et j'avisais au moyen de m'excuser, lorsque je le vis revenir son chapeau et sa canne à la main.

« — Vous sortez, monsieur ? lui demandai-je timidement.

« — Oui, une affaire pressée... A propos, ce neveu soldat s'appelle ?...

« — Louis Austin, monsieur.

« — Il demeure ?

« — Rue Rambuteau, 25.

« — Au fond, ces détails m'importent peu, murmura-t-il ; que puis-je changer à un numéro sorti de l'urne ? Cependant, l'occasion peut se présenter.... Dumont, si on me demande, je serai ici dans deux

heures au plus tard... Et surtout ne mouillez plus
vos manches ! Sapristi, la lustrine coute!... »

— Pardon, mademoiselle, dit Dumont en inter-
rompant son récit, si j'entre dans d'aussi minutieux
détails, mais cette scène s'est si profondément gra-
vée dans mon souvenir que je n'en puis parler sans
en reproduire chaque mot, chaque inflexion de voix.

Quand M. du Penhoer fut sorti, au lieu de me mettre au travail, je passai mon temps à me demander
s'il était offensé ou ému de ce que je lui avais confié.
Pourquoi m'avait-il demandé l'adresse du jeune
homme? Peut-être voulait-il le recommander à quelque personnage influent pour la révision?... Mais
il était trop tard, le conseil s'était déjà réuni et
Louis avait été déclaré bon pour le service. Pourquoi
n'avais-je pas mentionné ce détail? M. du Penhoer,
si avare de son temps, ne me pardonnerait pas de l'a-
voir laissé se déranger inutilement... Mais où mon
esprit allait-il s'égarer? mon patron avait bien autre
chose à penser qu'à s'occuper de mon neveu...

La journée se passa sans autre incident.

Le lendemain matin, au moment où j'allais sortir de chez moi pour me rendre à la banque, ma
sœur arriva. Elle était radieuse.

« — Dieu a eu pitié de nous, s'écria-t-elle en se
jetant dans les bras de notre mère; Louis nous
reste! »

Je crus qu'elle était devenue folle.

« — Louis nous reste ? s'écria ma mère.

« — Oui, le ciel a fait un miracle en notre faveur ; hier soir, fort tard, nous entendons sonner ; j'ouvre : devine qui c'était ?

« — Comment veux-tu que je devine ? répondis-je.

« — C'était un de ces individus qu'on appelle « des marchands d'hommes, » il venait s'entendre avec Louis pour faire, dès ce matin, les démarches nécessaires à son remplacement.

« — Son remplacement ! dis-je tout ébahi.

« — Mon Dieu, oui, et c'est ici qu'est le miracle. Une personne était allée, quelques heures auparavant, trouver cet homme et, sans vouloir se nommer, lui avait remis dix-huit cents francs en or, pour fournir un remplaçant au jeune Louis Austin, demeurant rue de Rambuteau, n° 25. Nous crûmes d'abord à une méprise, mais un dernier détail nous rassura : la note dictée par notre bienfaiteur portait : Louis Austin, petit-fils de madame Dumont ! »

Sans rien dire ni à ma mère, ni à ma sœur, je saisis mon chapeau et je m'élançai dans l'escalier.

« — Où vas-tu ? me cria ma sœur...

« — Remercier le faiseur de miracles ! » lui répondis-je ; et tout d'un trait, je courus rue Beaubourg. Je me présentai dans le cabinet de M. du Penhoer, et j'étais déjà à ses pieds lorsque, me saisissant au col-

let, et me secouant comme il aurait pu le faire pour
un malfaiteur qui eût menacé sa vie :

« — Etes-vous fou ! criait-il de toutes ses forces.

« — Fou ! monsieur ! oui, de reconnaissance et de
bonheur.

« — Sacrebleu ! je n'aime pas les énigmes. Je n'en
ai jamais deviné et je n'ai pas envie de commencer
aujourd'hui ; allez à votre bureau, Dumont, et laissez-
moi la paix.

« — Mais, monsieur, mon neveu...

« — Votre neveu et moi n'avons eu et n'aurons jamais rien de commun. S'il vous arrive de prononcer
son nom devant moi, ou seulement de faire une
allusion quelconque à rien de ce qui le concerne,
je vous chasse à l'instant..... Vous me comprenez
n'est-ce pas ? »

Le ton dont ces paroles étaient dites ne permettait aucune réplique. J'allai m'asseoir derrière le
vitrage, où vous m'avez vu, mademoiselle et jamais
un mot n'a été échangé entre M. du Penhoer et moi
au sujet de Louis Austin ; mais ce qui s'est passé
dans mon cœur et qui est resté dans ma mémoire,
Dieu seul le sait !

Au moment où le caissier achevait ces mots, on
arrivait devant la vieille église.

Ondine y entra et alla s'agenouiller sur une dalle
armoriée et couverte d'inscriptions.

M. Dumont s'agenouilla près d'elle, et sur la pierre, au-dessous d'une longue suite de noms, il lut en caractères gravés récemment ces deux mots : Bertrand du Penhoer.

La jeune fille n'avait pas achevé sa prière lorsque le recteur monta à l'autel pour célébrer le saint sacrifice, auquel elle et son compagnon assistèrent.

Ensuite elle suivit le recteur dans la sacristie, et, lui annonçant son départ, elle lui demanda de lui adoucir par sa présence le déchirement de cœur avec lequel elle allait s'éloigner de tout ce qu'elle avait connu et aimé jusque-là.

Les chevaux étaient commandés pour midi; il n'y avait pas un moment à perdre.

On remonta au manoir, M. Dumont marchant un peu en arrière par discrétion; Ondine et le vieux prêtre échangeant de dernières recommandations, de derniers conseils.

Le déjeuner fut triste. Ondine voulut que Jeannic et Anne-Marie prissent place à table à côté d'elle. En présence du recteur elle leur remit les 2,000 fr. qu'elle destinait aux fiancés, et leur fit part des dispositions prises en leur faveur, dispositions, ajouta-t-elle, que son oncle leur confirmerait par écrit.

... Le moment du départ est venu; les chevaux piaffent dans la cour, le postillon fait claquer son fouet...

La gracieuse fée du manoir jette un dernier.regard d'adieu à la vaste mer, elle donne un dernier serrement de main à ses amis; le vieux prêtre la bénit une dernière fois; elle s'élance dans la berline.

La première et heureuse partie de sa vie est finie.

CHAPITRE X

NOUVEL INTÉRIEUR

I

Le voyage se fit rapidement et sans incidents qui méritent d'être mentionnés.

Le cœur d'Ondine était, au départ, prêt à éclater, mais à mesure qu'on s'éloignait de Penhoer, le changement de pays, de costumes, de climat et de végétation, faisait venir à ses lèvres une foule de ces « pourquoi » qui avaient été les inséparables compagnons de sa vie, et avaient toujours éloigné de sa pensée les tristes idées qui auraient pu l'assombrir.

Il est vrai que l'ami patient et intelligent qui jamais n'avait laissé un de ces « pourquoi » sans « parce que » n'était plus là pour répondre à ses questions; il est vrai que le bon M. Dumont qui, en dehors des affaires, ou de ce qui concernait directement son patron, était d'un laconisme désespérant, n'avait guère d'explications à lui donner; néanmoins, son bon sens et son esprit d'observation aidant, elle arrivait à se rendre compte de tout ce qui

10

pouvait l'intéresser, et, ainsi, grâce au travail dé son esprit, elle parvenait, presque sans s'en apercevoir, à dominer les tristes regrets dont elle avait cru un instant ne devoir jamais se séparer.

On atteignit enfin Paris; M. du Penhoer, prévenu par lettre de l'heure où on devait quitter le manoir, avait calculé le moment où sa nièce arriverait et il l'attendait dans l'appartement du boulevard.

Quand il entendit la berline s'arrêter devant la porte, il courut à la rencontre des arrivants.

Ondine, de son côté, s'était élancée de la voiture et elle était déjà dans le vestibule quand son oncle y entra. Persuadée, par ce que lui avait raconté Dumont, qu'elle trouverait dans le banquier un second père, aussi digne et aussi capable que le premier de la rendre heureuse, elle se précipita dans ses bras avec la plus franche effusion.

— Mon oncle! mon cher oncle! s'écria-t-elle; suffoquée par l'émotion, elle ne put rien ajouter; mais, cachant sa tête charmante dans le sein de M. du Penhoer, elle éclata en sanglots.

— Consolez-vous, ma chère enfant, murmura celui-ci d'une voix à peine intelligible; consolez-vous, je serai pour vous tout ce qu'était mon frère ; considérez-moi comme votre père, je le serai d'abord par amour pour mon pauvre Bertrand, et bientôt, je l'espère, par amour pour vous.

Au bout d'une heure de causerie intime entremê-
lée de silences éloquents, la jeune fille avait recou-
vré sa sérénité.

Madame Thérèse, la gouvernante, fut alors ap-
pelée.

— La pauvre enfant a grand besoin de repos, lui
dit M. du Penhoer; je vous la confie, veillez sur
elle. Désormais vous êtes responsable de sa chère
petite santé que je trouve bien ébranlée depuis que
je ne l'avais vue.

Ce ne fut qu'après avoir entendu la porte de la
chambre de la jeune fille se refermer sur elle et sur
sa compagne qu'Edouard du Penhoer se décida à
retourner dans ses bureaux, pour tâcher de regagner
le temps qu'il avait perdu.

II

Aucun calcul n'eût pu mieux servir M. du
Penhoer que l'insurmontable répugnance qui l'avait
empêché d'aller à Penhoer chercher lui-même
sa nièce.

Non-seulement, en effet, celle-ci avait appris, par
les récits de M. Dumont, à apprécier son oncle, mais
elle avait eu le temps de s'expliquer les bizarreries de
caractère que ces récits lui avaient révélées, et de se

préparer à n'en tenir compte que tout juste dans la mesure de ce qui était nécessaire pour ne pas le froisser.

D'autre part, la spontanéité de son élan au moment de son arrivée avait tout d'une pièce rompu la glace, ce qui certainement ne se serait pas produit, si, arrivé à Penhoer ému et soucieux, il eût communiqué sa froideur et ses hésitations à la pauvre orpheline.

Qui sait combien de temps, d'efforts et peut-être de larmes pour Ondine eussent été dépensés avant que cette pénible impression eût fait place à la confiance, à l'intimité réciproques que nous venons de voir s'établir, dès le premier moment, entre l'oncle et la nièce ?

Ni le banquier, ni M. Dumont ne se doutaient de l'heureuse influence exercée par ce dernier: Seule Ondine en avait conscience, aussi voua-t-elle dès lors à l'honnête caissier la plus sincère, la plus reconnaissante affection.

L'appartement, bien éclairé, et bien distribué, était meublé sans recherche, mais avec une élégance de bon goût qui plut à Ondine.

Tout indiquait qu'il avait été choisi pour elle, et qu'elle était destinée à être dans toute l'acception du mot « la maîtresse de la maison. »

La principale chambre à coucher, avec un petit

salon attenant, lui avait été attribuée et ornée à son intention d'une foule de ces jolis riens dont les jeunes filles aiment à s'entourer.

Les domestiques avaient été prévenus qu'ils devaient s'adresser en tout et pour tout à « Mademoiselle, » et il n'était pas jusqu'à la gouvernante elle-même qui ne sût que son rôle de « chaperon » ne la dispensait nullement de subordonner sa volonté à celle de sa jeune maîtresse.

« Je suis un bien triste compagnon pour une jeune fille de votre âge, lui avait dit son oncle le lendemain même de son arrivée; mais du moins je prendrai garde de ne pas vous importuner de mes humeurs et de mes idées saugrenues; je n'interviendrai en rien dans les dispositions que vous jugerez bon de prendre dans votre intérieur; pourvu que vous ne changiez pas mes heures de repas, ce à quoi j'aurais quelque peine à m'accoutumer, c'est-à-dire pourvu qu'on me fasse déjeuner à midi et dîner à sept heures, je vous donne carte blanche pour tout le reste.

« Ah! encore une chose, prenez garde que j'aie jamais la tête cassée de ces détails « de pot-au-feu » qui m'ont jusqu'à ce jour fait fuir la société des hommes chargés d'une femme et d'un ménage! que je n'entende jamais chez moi parler argent; je n'en ai que trop les oreilles rebattues ailleurs! Vous rece-

vrez exactement le premier et le quinze de chaque
mois la somme que nous fixerons ensemble, après
avoir examiné les notes de la cuisinière pendant les
huit jours écoulés depuis qu'elle est entrée en fonctions. Mais souvenez-vous que ce chiffre ne sera
nullement définitif. Toutes les fois qu'il vous faudra
davantage, ne vous gênez pas, seulement adressez-
vous à Dumont et non pas à moi ; je vous le répète,
j'ai horreur de tout compte en dehors de la banque.

« Sachez encore que je n'entends recevoir aucune
explication sur vos dépenses de maison : cependant,
mon enfant, pour vous-même, pour votre sécurité
et pour la prospérité à venir de votre maison, quand
vous ne serez plus auprès de moi, je vous engage à
tenir avec soin votre comptabilité domestique.

« C'est un devoir dont les femmes ne se préoc-
cupent pas assez. Il leur suffit, pensent-elles, de pouvoir se rendre compte que toutes leurs dépenses
sont utiles et sagement calculées. Tout au plus si elles veulent bien reconnaître qu'il est bon de poser
quelques chiffres sommaires : tant pour telle sorte
de dépenses, tant pour telle autre, etc... Croyez-en
ma vieille expérience, autant ne rien écrire du tout
que de négliger les détails et surtout que de ne pas
écrire jour par jour, sans jamais remettre ce soin au
lendemain. Une comptabilité sans exactitude n'est
pas une comptabilité.

« J'ai dit cela à bien des gens déjà, poursuivit le banquier en s'animant ; les uns ont suivi mes conseils, les autres les ont dédaignés ; et ces derniers ont toujours fini par s'en repentir.

« Comment, en effet, le jour où les ressources diminueront, où les revenus s'amoindriront, pourra-t-on, dans un ménage, établir les points sur lesquels une réforme immédiate peut et doit porter ? Ne faut-il pas, en ce cas, qu'un livre tenu d'une façon intelligente permette de distinguer les dépenses que j'appellerai le superflu, de celles qui sont d'une nécessité plus ou moins absolue ? Pour évaluer le chiffre exact de l'épargne à réaliser par telle suppression, telle diminution, n'est-il pas essentiel de connaître ce que coûtent mensuellement les choses à supprimer ou à diminuer ?

« En un mot, ma chère enfant, n'oubliez pas que chaque famille est un petit État dont la femme est tout à la fois la souveraine et le ministre des finances : établissez donc avec le plus grand soin votre budget, sans oublier votre liste civile, car j'entends que vous ne manquiez jamais de rien de ce qui peut, chez moi et dans la mesure de ma fortune, contribuer à votre bonheur.

« J'oubliais une autre considération qui plaide bien éloquemment en faveur de la thèse que je soutiens :

« Il peut se faire qu'une femme soit accusée par un mari; par des enfants qui n'entendent rien aux choses du ménage, de trop dépenser, de gaspiller l'argent.

« Or, je vous le demande, que répondra cette femme à ces reproches qui pèsent sur son administration, si elle n'a à fournir des pièces à l'appui de sa gestion? Chacun de nous ne s'est-il pas dit maintes fois en trouvant vide une bourse remplie peu de temps auparavant : Que diable ai-je pu faire de tant d'argent!.. N'est-il pas naturel que, l'objection que nous nous faisons, d'autres nous l'adressent ? Ayons donc toujours la réponse prête ; c'est-à-dire des chiffres bien alignés, et surtout alignés avec une méthode et une clarté qui les rendent intelligibles à premier examen. Alors si les observations faites sont raisonnables, on le reconnaîtra de part et d'autre et, ainsi formulées sans injustice, sans parti pris, elles seront reçues avec docilité ; on cherchera ensemble les moyens de conjurer le mal s'il le faut, sans que pour cela se produisent ces reproches, ces récriminations qui, sans jamais remédier à rien, risquent de troubler la paix de l'intérieur le plus heureux. »

Ondine écoutait en souriant les sages conseils de son oncle. Quand il eut achevé, elle alla à l'élégant secrétaire où elle avait déjà rangé ses archives de jeune fille, et, en tirant deux ou trois cahiers, elle les étala sous les yeux de M. du Penhoer :

— Vous avez prêché une convertie, cher oncle, lui dit-elle de sa voix la plus douce. Tout ce que vous venez de me dire, mon père me l'a répété trop souvent pour que je n'en aie pas fait mon profit. Depuis près de trois ans que j'ai pris, des mains d'Yvonne, la caisse et l'administration de la maison, je n'ai jamais reçu ou dépensé un centime sans l'inscrire aussitôt. Voici ma comptabilité ; portées jour par jour sur ce premier livre qui me sert de journal, mes dépenses sont mises en ordre et au net sur ce second livre, et enfin dans ce troisième registre, vous les trouverez, relevées mois par mois et placées par colonnes, dans des tableaux comparatifs, qui me permettent justement ce contrôle à première vue dont vous m'indiquiez tout à l'heure les précieux avantages.

Le banquier examina attentivement les livres. Peut-être pour l'honneur de son habileté de financier y cherchait-il quelques critiques à faire. Il n'en trouva pas, et reportant son regard des chiffres alignés en colonnes régulières et soignées sur le charmant visage incliné vers lui, il murmura en secouant la tête :

— Et moi qui hésitais à donner des conseils que je croyais trop sérieux pour une aussi gentille petite personne !... Décidément, mon frère Bertrand ne m'a rien laissé à enseigner à celle qu'avec plus de raison que je ne le pensais il appelait « sa chère petite fée. »

III

M. Dumont ne s'était pas trop vanté en disant à Ondine que le choix des domestiques qu'il avait engagés pour le service de M. du Penhoer ne laissait rien à désirer.

Il eût été difficile, en effet, de trouver des gens de mœurs plus douces et plus honnêtes, des gens plus rompus aux usages et aux habitudes d'une bonne maison, plus probes et plus sûrs.

Toutefois l'esprit droit et pratique d'Ondine ne tarda pas à découvrir une foule de menus détails pour lesquels était essentielle l'intervention d'une autorité supérieure et unique.

Parfaitement honnêtes, nous le répétons, et pleins de bonne volonté et de zèle, mais ne se croyant et n'étant en réalité assujettis à aucune direction autre que leur propre volonté, chacun des trois domesques avait arrangé son service à sa guise; chacun avait sa manière de voir, ses petites manies qu'il prétendait, sinon faire prévaloir, du moins ne pas subordonner à celle de ses camarades.

De là un manque d'ensemble, d'unité, qu'on sentait plus qu'on ne le voyait; dont on souffrait sans pouvoir s'en plaindre ni même le constater.

L'âge d'Ondine, son inexpérience présumée avaient fait naître chez les deux femmes de service des espérances de domination, et chez le domestique des projets d'indépendance auxquels il importait de couper court sans retard. D'autre part, soit manque de calcul, ou d'esprit pratique, soit habitude de gaspillage, la dépense journalière était évidemment plus forte qu'elle ne devait l'être, eu égard aux prix d'achat des denrées, prix indiqués par la cuisinière elle-même.

Enfin, ne pouvait-on aisément réaliser une double économie de temps et d'argent, en se procurant la plupart de ces denrées en certaines quantités au lieu de les acheter par fractions au jour le jour?

Une semaine ne s'était pas encore écoulée depuis son arrivée qu'Ondine avait déjà fait toutes ces découvertes.

Elevée dans ce principe, qui doit être la base fondamentale de tout intérieur de quelque fortune que l'on y dispose, que l'ordre le plus parfait doit régner dans l'administration du ménage, qu'aucun abus ne doit y trouver accès, que toute économie raisonnable doit y être introduite sur-le-champ, la jeune fille ne pouvait hésiter sur ce qu'elle savait être son devoir.

Elle se sentait cependant bien jeune pour prendre
sur elle la responsabilité d'une réforme qui allait
ressembler singulièrement à une révolution.

L'oncle Edouard, — c'est ainsi qu'elle continuait
à appeler le banquier qui paraissait ravi de cette
appellation douce et familière où il trouvait le vivant
souvenir de la période la plus agréable de son passé,
du temps heureux où, après l'avoir longtemps désigné
sous ce titre « le petit frère, » on avait dans la famille
commencé à le prendre au sérieux et à le mettre au
rang des aînés en disant : « le frère Edouard ! » —
l'oncle Edouard, se disait-elle, m'a donné à entendre
que ce qu'il désirait avant tout c'était le calme, la paix.
« — J'ai horreur des questions de pot-au-feu, des
tiraillements d'intérieur, » m'a-t-il dit. — Or ne ris-
qué-je pas de faire surgir ces questions « de pot-au-
feu, » de provoquer « ces tiraillements d'intérieur, »
si je revendique les attributions jusqu'ici laissées
aux gens de service?... Puis-je, dois-je cependant
laisser subsister et grandir peut-être des abus dont
j'ai conscience ?... Ah! si mon père ou seulement
ma chère Yvonne était là pour me conseiller...

Tout à coup une idée subite éclaira son esprit :

— M. Dumont! s'écria-t-elle, voilà celui qui peut
m'aider à sortir d'embarras.

Et le soir même, lorsque M. Dumont, selon son
habitude, s'arrêta « à l'appartement » en allant du

bureau chez lui pour savoir si « mademoiselle » n'avait pas besoin de lui, elle le fit entrer dans son petit salon, et, pièces en main, c'est-à-dire le livre de comptes sous les yeux, elle lui expliqua la situation.

— Nous dépensons trop, monsieur Dumont, et ce que nous dépensons, nous le dépensons mal, lui dit-elle en se résumant.

— Voyez pourtant comme j'ai été trompé, moi qui croyais avoir trouvé une perle! s'écria le digne homme en parlant de la cuisinière.

—Vous n'avez pas été trompé, monsieur Dumont, Marguerite est une digne, une honnête fille... seulement il n'y a guère de « perles » ici-bas, du moins de perles sans défaut; nous avons chacun les nôtres, et celui de Marguerite consiste à manquer de l'intelligence nécessaire au gouvernement d'une maison. Elle fait de son mieux, mais ce mieux ne répond pas suffisamment au poste qu'elle occupe. Elle a besoin d'être dirigée...

— Eh bien! mademoiselle, il faut la diriger, et le plus tôt sera le mieux. Je n'aime pas à laisser traîner en longueur les réformes nécessaires.

— Mais voudra-t-elle se laisser diriger par moi, qu'aussi bien que madame Thérèse, elle est très-disposée, je m'en suis aperçue, à considérer comme une enfant?

— C'est ce qu'il ne faut pas permettre... Voulez-vous que je m'en mêle, et que je leur dise leur fait? Une enfant! Vous, mademoiselle! on voit bien que ces sottes et orgueilleuses femmes ne sont pas allées à Penhoer; si comme moi elles avaient vu l'ordre qui régnait au manoir; si elles vous avaient vue faire les honneurs de la vieille maison au pauvre hôte que votre oncle y avait envoyé, elles ne s'imagineraient pas !... ah! elles voudraient vous en remontrer..... si M. du Penhoer en savait le moindre mot.

— Sa tranquillité en serait troublée, et c'est ce que je ne veux pas, monsieur Dumont.

— Sapristi! mademoiselle, vous avez raison; ne lui gâtons pas son bonheur à ce cher monsieur. Il n'en a pas eu autant, en toute sa vie, que pendant cette dernière semaine.

— Vous voyez donc qu'il ne faut pas que vous vous en mêliez; évitons les éclats, monsieur Dumont; tout le monde s'en trouvera bien.

— Alors, vous comptez laisser marcher les choses telles qu'elles sont?

— Pas du tout. C'est au contraire pour chercher avec vous les moyens d'agir, mais sans rien brusquer, que je vous ai fatigué de tous ces détails.

— Les moyens d'agir sans rien brusquer? C'est que je ne suis pas diplomate, moi; je ne connais que la brutale clarté des chiffres : si, pour arriver au même résultat, vous avez dépensé vingt francs au lieu de dix, vous en avez jeté la moitié par la fenêtre et je ne veux plus de cela... Voilà.

— Je crois au contraire qu'il ne faut rien dire, mais s'arranger de façon à faire revenir tout naturellement la dépense à son chiffre normal, c'est-à-dire de vingt francs à dix francs.

— Certainement, mais comment s'y prendre..... Ce n'est pas que M. du Penhoer se soucie beaucoup de la dépense, comme chiffre d'argent; mais je le connais, c'est l'homme d'ordre par excellence, et il serait désolé, j'en suis sûr, qu'il régnât chez lui le moindre désordre.

— Puisque vous pensez que nous entrerons ainsi dans ses vues, aidez-moi à agir, c'est-à-dire à prendre, peu à peu et sans secousse, les rênes de la maison.

— Indiquez-moi ce qu'il faut faire, et je ne m'y épargnerai pas.

— Pour commencer, je veux organiser un office bien approvisionné dont je garderai les clefs. Tous les matins, comme mon père m'a raconté que cela se pratique dans les pays du nord, où les femmes sont excellentes ménagères, la cuisinière me donnera une note et je lui délivrerai moi-même ce qui sera nécessaire pour la journée.

— Et si elle demande trop?

— Ne craignez rien! j'ai assez longtemps « *mis la main à la pâte,* » c'est-à-dire j'ai assez l'expérience du ménage et, en particulier, de la cuisine pour m'apercevoir bien vite si ce que j'ai donné a été ou n'a pas été employé. Ce qui me sera plus difficile, ce sera de trouver moi-même des fournisseurs dignes de confiance. Vous comprenez qu'il ne me faut pas de simples maisons de détail.

— Mais je trouverai cela très-aisément. Dressez-moi des notes, j'établirai les prix, et je vous ferai envoyer vos premières fournitures. Ensuite, on viendra prendre vos ordres et vous n'aurez qu'à commander au fur et à mesure des besoins.

— Vous aurez ces notes demain, monsieur Dumont. En venant les prendre, je vous serai obligée d'amener un menuisier à qui je ferai organiser à ma guise le grand cabinet dont je veux faire mon office. Je voudrais aussi faire mettre une clef à la porte de la seconde cave, où sont les vins fins et les liqueurs, qu'il me semble au moins inutile de laisser à la disposition des domestiques.

— Et ceci, mademoiselle, dans leur intérêt aussi bien que dans le vôtre, car vous savez le proverbe : « l'occasion fait le larron, » ce qui, à mon sens, implique pour les maîtres le devoir de « ne pas induire en tentation » ceux qu'ils emploient.

Ondine sourit à cette citation qui résumait si bien

sa pensée, et M. Dumont prit congé en promettant
d'être exact et diligent à remplir la mission qui venait de lui être confiée.

IV

Le lendemain, dans l'après-midi, Marguerite, en
revenant de faire quelques emplettes pour le dîner,
était à la loge, occupée à raconter à la concierge la
nouvelle lubie de « mademoiselle, » qui avait passé
sa matinée à faire transformer le grand cabinet à
côté de la salle à manger en une . « véritable boutique, » avec des étagères, des tablettes, des casiers
tout autour, et, au milieu, sur une table, une ba-
lancé et toute sa série de poids, absolument comme
si elle avait l'intention d'y ouvrir un commerce
d'herboristerie... ou de toute autre chose.

— Je vous demande si mademoiselle, riche et
maîtresse de dépenser tout ce qui'il lui plaît, ne ferait pas mieux, au lieu de s'entourer comme cela de
menuisiers et de serruriers, — imaginez-vous
qu'elle fait mettre des clefs et des cadenas partout !
— si elle ne ferait pas mieux, dis-je, de passer le
temps en consultations avec sa couturière et sa mo-
diste, à l'effet de rendre moins lourd le deuil lugu-
bre qui la ferait ressembler à une veuve, si elle
n'avait l'air si jeune; car c'est une enfant, et,

en vérité, une enfant qui pourrait aller à l'école!....

— Que voulez-vous, mamzelle Marguerite, les jeunesses d'aujourd'hui ont des façons d'agir si singulières qu'on n'y comprend plus rien.

On ne saurait compter le nombre de gens qui s'en prennent à ces « jeunesses d'aujourd'hui, » prétendant qu'elles ne ressemblent en rien à celles d'autrefois, comme si la pauvre humanité n'a pas été et ne sera pas toujours la même, avec ses travers, ses défauts, ses vices! et aussi, grâce à Dieu, avec ses qualités, ses vertus, son dévouement, et son héroïsme, que l'on est certain de rencontrer toutes les fois que l'esprit de foi et la sage éducation du foyer domestique ont, dès le berceau, combattu et dominé la perversité naturelle de nos instincts.

Mamzelle Marguerite, qui, malgré ses trente ans bien sonnés, se piquait d'être encore « une jeunesse, » se pinça les lèvres et ne répondit pas.

Pendant le froid amené par cette malencontreuse observation de m'ame Pierre, un de ces immenses coffres ambulants qui, sous le nom de voitures de marchandises, sillonnent les rues de Paris, s'arrêta devant la porte.

— Tiens, s'écria m'ame Pierre, une voiture de Louvet, le grand épicier de l'autre côté de l'eau. Il n'a point de clients ici, et, à moins que ce ne soit pour chez vous?...

— Je ne porte pas ma pratique si loin, m'ame Pierre, moi, voyez-vous ; j'ai de la conscience et je suis d'avis qu'on doit, avant tout, faire vivre les gens de son quartier.

— C'est ce que je disais hier à l'épicier du coin : voyez la cuisinière du riche banquier, c'est celle-là qui est juste et raisonnable ! Et il m'a répondu : elle ne fait que d'arriver, et déjà dans tout le quartier on l'aime et on l'estime... Tiens, tiens, mais c'est bien ici qu'il vient, le Louvet.

Un homme, une facture dépliée à la main, était debout devant la loge.

— M. du Penhoer ? demanda-t-il.

— V'là sa cuisinière, monsieur.

— Vous vous trompez, *l'homme*, je n'ai rien commandé, dit sèchement cette dernière.

L'homme, pour qui cet accueil s'expliquait sans doute par de précédentes aventures du même genre, répliqua d'un air narquois :

— Je ne vous demande pas si *vous* avez commandé quelque chose ; je demande seulement où demeure M. du Penhoer... Et se tournant vers la concierge, il ajouta : — Voyons, la mère, répondrez-vous ?

— Pour savoir cela, vous n'avez pas besoin de le prendre de si haut, répliqua la concierge ;

M. du Penhoer demeure au premier étage, le grand appartement sur le devant.

— Cela suffit.

Et faisant quelques pas vers la porte :

— Eh !... Adolphe, par ici ; au premier, sur le devant.

Un autre homme parut portant un lourd panier sur l'épaule.

— Mais quand on vous dit qu'on n'a rien commandé, insista Marguerite.

— C'est bon ! c'est bon ! on s'expliquera là-haut.

M'ame Pierre, qui tenait à faire la cour à la cuisinière, se précipita de sa loge et, se plaçant entre le vestibule et les deux hommes qui se disposaient à en franchir le seuil :

— Les fournisseurs, s'écria-t-elle de sa voix aigrelette, ne passent jamais par le grand escalier, et ce n'est pas parce que vous venez de chez *Mossieu* Louvet qu'on fera une exception pour vous, j'imagine.

— C'est bon, la mère ; on ne tient pas à faire autrement que les autres... montrez-nous donc le chemin.

Mamzelle Marguerite, qui était à cent lieues d'imaginer que *la petite fille*, arrivée depuis la semaine précédente du fond de la Bretagne, eût pu faire un acte d'autorité semblable, en attribua l'idée à M. Dumont, et, bien décidée à tout trouver trop

cher et détestable, elle devança les deux hommes
dans l'escalier de service en murmurant à demi-
voix :

— Ah ! vilain singe ! va ! tu me paieras ce tour-là.

Pendant que sa main, que la colère et l'humilia-
tion qu'elle venait de subir en présence de m'ame
Pierre faisaient trembler, essayait d'introduire la clef
dans la serrure, la porte fut ouverte de l'intérieur et
elle se trouva en présence de sa jeune maîtresse qui,
de son balcon, ayant vu décharger le panier, venait
le recevoir elle-même.

Marguerite s'effaça pour livrer passage aux employés de la maison Louvet.

— Par ici, leur dit Ondine, et elle les introduisit
dans le grand cabinet transformé quelques heures
auparavant « en boutique ».

Là, la facture en main, elle reconnut et pointa
chaque article, que, au fur et à mesure, elle faisait
placer sur les tablettes ou dans les casiers.

Un second panier succéda au premier et fut dé-
ballé de même.

Marguerite enrageait au point de laisser passer
l'heure de s'occuper des préparatifs du dîner.

Ce fut Ondine qui le lui rappela de sa voix trop
douce pour provoquer une réponse impertinente,
trop ferme pour permettre la moindre hésitation à
obéir.

11.

La facture vérifiée et payée, les hommes partirent.

— Il y a là des provisions pour six mois, dit la cuisinière debout près de la porte dont Ondine se disposait à retirer la clef.

— Pour six mois; je ne crois pas.

— Au moins pour trois, répliqua Marguerite, et, d'ici là, la moitié de toutes ces choses sera moisie ou rancie et il faudra les jeter... Voilà ce que c'est quand les hommes se mêlent de ce qu'ils ne connaissent pas...

— Je ne sais ce que vous voulez dire; c'est moi qui ai fait cette commande. Je l'ai faite en connaissance de cause et parce que cela vaut mieux ainsi.

— Si mademoiselle s'imagine avoir plus d'expérience que moi...

— Je ne m'imagine rien et je ne reçois des observations et des conseils que lorsque je les demande; n'oubliez pas cela, Marguerite, et dorénavant choisissez un peu mieux vos expressions... A mesure que vous finirez les provisions que vous pouvez avoir à la cuisine, vous me demanderez ce qu'il vous faudra. Chaque soir, après que nous aurons arrêté ensemble le menu du lendemain, vous en ferez la note et je vous remettrai les quantités que vous indiquerez...

— Cela suffit. Je dois seulement faire observer à

mademoiselle, que, comme elle se fatiguera bientôt
de ce mesurage de rations, il vaudrait peut-être
mieux...

— Ce qui vaut et vaudra toujours mieux que toute
autre chose, ce sera de suivre exactement l'ordre
qu'il me conviendra d'établir...

Et tirant sa montre, la jeune fille ajouta froidement :

— Le dîner sera en retard, aujourd'hui.

Marguerite, comprenant qu'elle n'aurait pas le dernier mot, se retira dans sa cuisine ; mais le cliquetis
de la vaisselle et des ustensiles de ménage, le choc
des portes violemment ouvertes et fermées, étaient
autant de protestations contre « les lubies de mademoiselle. »

Tout alla de travers ce soir-là, et Marguerite, qui
jamais ne paraissait dans la salle à manger, pendant
l'heure du repas, chercha et trouva le prétexte d'y
entrer deux ou trois fois pendant le dîner.

Elle s'attendait à quelque observation du banquier et avait ses réponses toutes prêtes.

— Si tel mets était brûlé, tel autre pas assez cuit, il
fallait s'en prendre à l'embarras qu'avaient donné
tous les bouleversements survenus dans la journée.
Pour qu'une cuisinière soit responsable de sa cuisine, il faut qu'elle arrange toutes choses comme
elle l'entend.

Mais M. du Penhoer n'était pas un gourmet, loin de là ; pourvu, — ainsi qu'il l'avait dit à Ondine, — que ses repas fussent servis à heures fixes, c'était tout ce qu'il demandait ; les trois quarts du temps, c'est à peine s'il savait ce qu'il mangeait.

La pauvre Marguerite d'ailleurs eût été bien mal venue si elle eût essayé de provoquer une explication, personne, autant que le banquier, n'estimant l'esprit de subordination.

V

La cuisinière savait à quoi s'en tenir sur le contrôle auquel elle allait être soumise ; c'était au tour de madame Thérèse d'apprendre quelles attributions lui étaient réservées.

Ondine n'avait aucune expérience de la vie ; elle ne connaissait du monde que ce que lui en avaient appris ses conversations avec son père et les quelques livres mis à sa disposition.

Parmi ces livres, un ouvrage surtout avait obtenu ses sympathies et sa confiance, c'était les œuvres de madame de Maintenon, mises en ordre et publiées par Théophile Lavallée.

La correspondance de l'illustre fondatrice de St-Cyr, ses entretiens avec ses filles chéries avaient

été pour l'orpheline, élevée en dehors de tout contact avec des femmes de sa condition, une sage et
heureuse initiation aux usages et aux convenances
sociales, et elle avait eu ainsi le rare avantage de recevoir directement et sans les malencontreuses mo-
difications amenées par les bouleversements survenus depuis près d'un siècle dans la société moderne,
les saines traditions de ce dix-septième siècle qui,
aussi bien pour la littérature et la langue que pour
tout ce qui touche aux mœurs et à la courtoisie, a si
justement mérité et retenu le titre de grand siècle.

Parmi les passages de ces lettres et de ces conseils qui s'étaient surtout gravés dans la pensée de la
jeune fille, était la recommandation faite à madame
de Caylus d'éviter toute occasion de recevoir en
tête-à-tête la visite d'un étranger et, à cet effet, d'a-
voir toujours une femme de confiance en tiers dans
la pièce de réception.

La situation d'Ondine lui rendait cette précaution
plus nécessaire qu'à personne ; elle le sentait, et cependant la position inférieure de madame Thérèse
qui, par son éducation bien plus encore que par le
rang qu'elle occupait vis-à-vis des deux autres domestiques, était une simple femme de chambre et
non une dame de compagnie, lui commandait une
grande réserve dans les rapports à établir entre
elles.

Madame Thérèse était une excellente femme, mais très-portée à traiter Ondine en véritable enfant et à se familiariser plus qu'il ne pouvait convenir à la fille adoptive de M. du Penhoer, fort réservée et fort digne par caractère et par éducation.

Elle avait eu, disait-elle, une brillante position que des malheurs immérités et un veuvage prématuré lui avaient fait perdre, et elle racontait à ce sujet une longue et émouvante histoire dont, assurément, il fallait rabattre une bonne partie.

Si, comme elle l'assurait, son mari avait été officier dans l'armée française, ou il l'avait épousée avant d'arriver à l'épaulette, ou il avait fait un mariage au-dessous de la situation qu'il occupait dans la société, car rien ne révélait en elle ce qu'on appelle l'usage du monde, et tout au contraire annonçait des habitudes qui, si elles n'étaient point aussi vulgaires que celles des domestiques ordinaires, ne s'élevaient guère au-dessus.

Toutefois, ses prétentions à un brillant passé perdu la rendaient prétentieuse, susceptible, exigeante et sans cesse prête à abuser de la moindre concession.

Hâtons-nous d'ajouter qu'à côté de ces défauts Ondine avait déjà découvert de précieuses qualités ; le besoin de se dévouer, de sérieux principes de moralité, des habitudes laborieuses et un esprit d'ordre

et de soin qui rendaient son concours dans le ménage très-précieux.

Le lendemain du jour où elle avait fait son premier acte d'autorité, Ondine quitta son appartement
de bonne heure.

Madame Thérèse était déjà au salon, où elle arrangeait les fleurs dans les jardinières.

— Mademoiselle s'est levée de bien bonne heure,
dit-elle en allant au-devant de la jeune fille; son intention est-elle que nous sortions ce matin?

— Non, ma bonne Thérèse. — Pour la première
fois Ondine supprimait le « madame » qu'elle avait
jusque-là associé au nom de la femme de chambre.
— Mon intention n'est pas de sortir, mais d'employer
la matinée à quelques arrangements intérieurs.

Madame Thérèse pinça les lèvres.

— Des arrangements!..... Mais tout n'est-il pas
bien comme mademoiselle l'a trouvé?...

— J'ai trouvé toutes choses, en effet, dans un
ordre parfait, mais qui n'était pas, qui ne pouvait
être définitif.

— Puis-je demander pourquoi à mademoiselle?

— Mon Dieu, tout simplement parce que dans
toute maison bien tenue il faut une direction unique, et que cette direction devant être exercée par

moi, il importe que toutes choses soient faites et placées dans l'ordre qui me rendra la surveillance plus facile.

Madame Thérèse s'inclina, ses lèvres tremblèrent et furent prêtes à s'entr'ouvrir, mais l'image du bien-être dont elle jouissait dans la maison du banquier, des gages élevés qu'elle y recevait, et plus particulièrement l'importance que lui donnait son rôle de chaperon d'une fille riche et distinguée, surgit devant ses yeux assez à temps pour lui donner la force d'arrêter au passage les paroles acerbes prêtes à lui échapper.

Après un court instant de silence pendant lequel les deux femmes échangèrent un regard qui ne laissait aucun doute à la femme de chambre sur la solidité de la décision que sa maîtresse avait prise, et à celle-ci sur la soumission, volontaire ou forcée, avec laquelle madame Thérèse accepterait sa dépendance, Ondine reprit:

— Ainsi, et pour commencer par nos rapports réciproques, je crois qu'il y a quelques points généraux à régler. Au lieu de travailler dans mon petit salon ou dans votre chambre, comme vous l'avez fait jusqu'ici, je désire que vous installiez votre table à ouvrage là, dans le second salon, à portée du regard et de la voix, afin que si, en l'absence de mon oncle, il m'arrive par aventure de recevoir une visite, tout tête-à-tête avec mes visiteurs soit évité...

— Ne vaudrait-il pas mieux alors que je me tienne dans cette pièce; elle est assez grande pour que je puisse m'y isoler parfaitement.

— Votre présence me semble plus convenable dans la pièce à côté et à la place que je viens de vous désigner, répliqua froidement la jeune fille.

— Oh! alors, mademoiselle, il suffit... Je croyais que mon âge et la confiance dont m'honore monsieur votre oncle me permettaient.

— Je sais que mon oncle, en vous plaçant près de moi, a pensé que je pourrais profiter de votre expérience quand je jugerais nécessaire d'y recourir; en tout autre cas son intention est que j'agisse par moi-même. — Quelle femme serais-je dans l'avenir si à seize ans je portais encore des lisières? ajouta-t-elle en souriant. Laissez-moi donc, ma bonne Thérèse, essayer librement mes ailes.

Désarmée par le ton agréable dont ces paroles furent dites, madame Thérèse sourit à son tour. Elle allait s'éloigner, Ondine la retint.

— Voilà pour nos après-midi. Dans la matinée vous pourrez passer le temps que votre service vous laissera libre dans la lingerie où la besogne ne vous manquera pas. Pour commencer, par exemple, je désire que vous ajoutiez des numéros d'ordre à tout le linge qui n'a été marqué qu'aux initiales de mon oncle.

— Mademoiselle veut probablement parler du linge de maîtres, car quant à celui d'office et de cuisine...

— C'est au contraire le linge d'office et surtout celui de cuisine que j'ai particulièrement en vue.

— Je ne comprends pas...

— Vous comprendrez quand vous verrez comment je veux organiser à cet égard ma comptabilité domestique... Pour le moment il suffit que les numéros d'ordre soient ajoutés au plus tôt aux serviettes, essuie-mains, torchons, tabliers, etc...

— Juste ciel! pensa madame Thérèse, jusqu'aux torchons dont elle va s'occuper!..... Et tout haut elle dit:

— Mademoiselle parlait tout à l'heure de mon service: je serais bien aise, puisque je vois que tout va être transformé ici, de savoir en quoi il consistera au juste.

— Mais ce sera le service habituel d'une femme de chambre dans une maison où il y a un valet de chambre. Vous vous occuperez exclusivement de mon service personnel, et Baptiste n'entrera dans mon appartement que pour y porter du bois ou frotter les parquets, et de temps à autre brosser et secouer les tapis. — Ce sera lui qui fera les appar-

tements de réception et la salle à manger, sauf l'entretien des jardinières, l'époussetage des menus
objets des crédences et des étagères que je confie
à vos soins. C'est lui qui servira à table, mais le soin
de mettre le couvert, de dresser et de disposer le
dessert vous regarde.

— Et les soirées?

— Quand je n'aurai pas besoin de vous pour m'accompagner dehors et qu'il n'y aura pas quelque
travail pressé à achever, vos soirées vous appartien-
dront; c'est bien le moins que, après des journées
aussi consciencieusement et utilement remplies que
les vôtres, vous jouissiez de quelques heures de
repos et de liberté.

Cette promesse et surtout le compliment qui l'a-
vait accompagnée achevèrent de dérider la bonne
Thérèse, qui se dit que, à tout prendre, une maîtresse qui savait si exactement apprécier les services
qu'on lui rendait, avait bien le droit d'avoir ses petites exigences.

— A propos, reprit Ondine, tout le linge, sauf
celui qui est en cours de service ou chez la blanchisseuse, est-il réuni à la lingerie ?

— Non, mademoiselle; Marguerite a voulu avoir
sous la main, dans une des armoires de la cuisine,
les essuie-mains, les torchons et les tabliers.

— Il faut qu'elle vous les rende.

— Si mademoiselle voulait bien le lui dire elle-même. Marguerite est une très-bonne fille, mais très-ombrageuse à l'endroit de ses priviléges... j'entends très-ombrageuse en ce qui me concerne.

— Eh bien! veuillez sonner.

Marguerite accourut toute rouge et de très-méchante humeur; ne voyant pas tout d'abord Ondine et croyant que Thérèse l'avait dérangée de son autorité privée, elle s'écria :

— Si cela vous amuse de me faire manquer ma crème, cela ne me fait pas rire du tout! une autre fois quand vous aurez à me parler, vous savez où est la cuisine.

— Je regrette d'avoir compromis le succès de votre crème, répliqua Ondine, en sortant de l'ombre où elle était placée.

— Mademoiselle voudra bien m'excuser... Je ne savais pas...

— Je ne vous retiendrai pas : combien vous faut-il de linge de cuisine par semaine?

— Mais... je ne sais pas... cela dépend de ce que je salis.

— C'est justement là ce que je vous demande.

— Est-ce que mademoiselle va me compter mes torchons?

— Non, pas vous les compter, mais vous les donner en compte, ce qui n'est pas la même chose.

Vous aurez à rendre demain matin tout ce que vous avez à la cuisine, afin qu'on numérote chaque pièce ; on vous en remettra ensuite un nombre que vous fixerez vous-même, et dont vous serez responsable. Pour que ce nombre reste toujours le même, il vous en sera remis, chaque fois après que la blanchisseuse sera venue, autant de pièces propres de chaque sorte que vous en aurez rendu de sales. Ce soin regarde Thérèse qui est chargée de la lingerie... Ah ! j'oubliais, je désire que le linge soit sali en ordre, c'est-à-dire, de manière à ce que chaque numéro passe à son tour.

— Et s'il s'en brûle, ou s'il s'en égare ?

— S'il s'en égare à la cuisine, tant pis pour vous, ce sera à votre compte ; quant à ce qui s'usera ou s'abîmera par accident, je le remplacerai au fur et à mesure, afin qu'il n'y ait jamais de lacune dans les numéros d'ordre.

Marguerite était si abasourdie par tout ce qu'elle venait d'entendre, et, d'autre part, si absorbée par l'effort qu'elle faisait sur elle-même pour ne pas décocher une impertinence à « cette péronnelle » qui voulait faire « la femme entendue » aux dépens de la tranquillité des « pauvres domestiques, » qu'elle oublia crème et fourneaux.

Ondine la rappela à son service.

VI

— Je ne vous retiens plus, lui dit-elle.

Marguerite sortit; arrivée à la cuisine, où elle trouva Baptiste, elle ne se contint plus.

— Nous n'avons qu'à nous bien tenir, mon pauvre Baptiste. Je ne puis concevoir qu'elle mouche a piqué « mademoiselle; » elle ne sait que faire pour nous molester. Ce n'était point assez de me retirer les achats de comestibles et d'épiceries, comme si j'étais capable de la voler ! la voilà qui va s'amuser à numéroter et à compter jusqu'à mes torchons !... J'avais envie, savez-vous, de lui demander si elle ne compterait pas aussi mes bas et mes mouchoirs !... Encore n'est-ce point assez : JE *suis responsable* de mes torchons, et, si j'en perds, *c'est* MOI *qui les remplacerai :* avez-vous idée de cela !

— Oui, et je sais que dans les maisons bien tenues il en est ainsi. Chez feu madame la marquise de Simmiers la femme de charge...

— Une femme de charge, soit : si elle n'entrait pas dans ces détails, à quoi servirait-elle, mais non une maîtresse riche et si jeune... -

— On n'a jamais trop d'ordre, Marguerite, et là

où il n'y a pas de femme de charge il faut bien que la maîtresse surveille et dirige elle-même.

— Nous verrons si vous prendrez ainsi le parti de notre demoiselle quand sa jolie petite griffe s'attaquera à ce qui vous concerne. A ce sujet, j'ai déjà entendu parler de certaines serrures dont vous n'avez pas la clef, que je sache, qui a été mise hier au caveau des vins fins. Hein ! est-ce délicat cela quand on a un valet de chambre comme vous ?

— C'est autant de responsabilité de moins pour moi, et comme ce n'est pas une mesure prise par défiance à mon égard, mais un des détails d'une organisation que je trouve admirablement ordonnée, je suis loin de m'en offenser. C'est au contraire pour moi une occasion d'admirer mademoiselle. Savez-vous que ce sera une fameuse maîtresse de maison et que bienheureux sera celui qu'elle épousera...

— N'empêche pas qu'en attendant qu'elle ait sa maison à elle, — où je ne la suivrai pas, elle peut bien y compter, — elle fait de celle-ci une fameuse baraque !

— Eh ! eh ! pas tant que cela.

— Vous m'agacez, Baptiste. Si encore c'était une princesse, on pourrait lui passer de faire tant d'embarras; mais la nièce d'un banquier, voilà-t-il pas !

— La nièce d'un riche banquier est bien déjà quelque chose; mais s'il vous faut absolument une

princesse] pour lui passer « ses embarras, » peut-
être n'êtes-vous pas aussi loin de compte que vous
le pensez avec mademoiselle.

— Une princesse ! cette petite fille qui nous est
arrivée il y a huit jours en droite ligne d'un vieux
château où je gagerais bien qu'il n'y avait pas même
de domestiques, car elle est trop entendue à tout pour
n'avoir pas eu l'habitude de se servir elle-même !
l'idée est plaisante, et plus plaisante encore celle de
voir un prince dans ce vieux bonhomme qui ne distingue pas une truffe d'une pomme de terre, et qui
est toujours maussade, excepté quand il est en admiration devant « *sa petite fée,* » comme je l'entendais
le disant hier à cet autre olibrius M. Dumont. Ah !
ah !... Vous n'avez pas l'air d'y toucher, monsieur
Baptiste, mais vous êtes diantrement malin... ah ! ah !

— Malin, moi ! mais je n'ai jamais parlé plus sérieusement, ainsi que vous allez le voir : comme je
passais tantôt sur le boulevard, un monsieur, qu'à
ses cheveux blancs, à sa tournure affaissée, j'aurais
pris pour un vieillard, me rencontre et m'arrête par
un « bonjour, Baptiste ! » qui me le fait reconnaître
aussitôt : c'était mon premier maître, un brillant gentilhomme, et bon, et généreux, au point de s'être
ruiné en quelques années, ce qui n'empêche pas que
j'aurais, ma foi ! volontiers continué à le servir pour
rien s'il y eût consenti, M. le comte de Kerségan,

en un mot, dont sûrement je ne suis pas sans vous
avoir parlé plus d'une fois.

« — Ah! monsieur le comte, quelle heureuse rencontre, me suis-je écrié.

« — Sais-tu, mon garçon, que tu as rajeuni, tandis
que moi... Tu ne me reconnaissais pas, je parie?

« — Je n'avais pas vu monsieur le comte!

« — Mais je t'ai vu, moi, et reconnu qui plus est. Je
vois que tu as eu de la chance depuis que tu m'as
quitté, et j'en suis heureux, car tu le mérites... Chez
qui es-tu en ce moment?

« — Chez un banquier, monsieur.

« — Peuh! peuh!... Après tout, ces gens-là sont
riches et ils paient bien. Ton maître habite-t-il ce
quartier?

« — M. du Penhoer a sa banque rue...

« — Monsieur!... Comment as-tu dit, mon garçon?

« — M. du Penhoer.

« — Je me suis donc trompé, ton maître n'est
pas?....

« — Un banquier; si, monsieur.

« — Et tu dis qu'il s'appelle?

« — Du Penhoer.

« — Né en Bretagne?

« — Oui, monsieur le comte, au manoir de Penhoer, dans le Finistère, d'où, par parenthèse, vient de

12

nous arriver une jeune demoiselle, la nièce de monsieur, jolie comme un ange et bonne !... »

— Oh ! pour cela, pas plus qu'il ne faut, protesta
Marguerite.

Sans prendre garde à cette interruption, Baptiste continua :

« — Le manoir de Penhoer, dans le Finistère, reprit M. le comte, c'est bien cela, et s'adressant à moi :

« — Sais-tu, Baptiste, que décidément tu es né
coiffé. Comment, morbleu ! tu débutes par servir
chez un Kerségan, c'est-à-dire chez le descendant
en droite ligne d'un des trente braves qui soutinrent
contre trente Anglais et firent triompher l'honneur
de la France, il y a quelque quatre ou cinq siècles,
et te voici aujourd'hui chez un des derniers reje-
tons des glorieux rois de la vieille Armorique, car
il n'est rien moins que du sang de nos antiques mo-
narques, ton M. du Penhoer, tout banquier qu'il
puisse être. Sers-le fidèlement et avec dévouement,
mon ami, car ce n'est pas un mince privilége que
de vivre sous le toit de ces nobles et généreuses
races qu'accompagnent, quoi qu'on en dise, toutes
les bénédictions du ciel... Ce n'est, il est vrai ni
de moi, ni pour moi que je parle ; mais c'est
ma propre folie et non la Providence que
je dois accuser... » Et se détournant brusquement pour me cacher son émotion : — « Adieu,

Baptiste, a-t-il ajouté : présente au baron du Penhoer, ton maître, et à mademoiselle du Penhoer les très-humbles hommages du comte Olivier de Kerségan. »

— Et moi, s'écria Marguerite qui avait toujours eu dans l'idée de servir chez de vrais nobles ! voyez comme cela s'arrange ! J'en suis presque raccommodée avec les « lubies de mademoiselle. » Seulement il y a dans tout cela des choses que je ne comprends pas. Qu'est-ce que cette vieille Arm... Arm... dont parlait votre comte, Baptiste ?

— C'est l'ancien nom de la Bretagne.

— Tiens ! tiens, mais la Bretagne est donc un royaume ?

— Elle en était un autrefois, puis elle est devenue un duché, et finalement une province française.

— Et les grands-parents de monsieur et de mademoiselle étaient rois de ce pays ?

— Leurs grands-parents, pas précisément, mais leurs aïeux, c'est-à-dire les grands, grands-parents de leurs grands-parents, car il y a furieusement longtemps qu'il n'y a plus de rois en ce pays.

— C'est égal, c'est tout de même fameux de descendre de souverains, pour si loin que ça remonte, et fièrement honorable d'être au service de pareilles gens ; songez comme ça sonne bien à

l'oreille : mademoiselle Marguerite, cuisinière chez
M. le Prince...

— D'abord monsieur n'est que baron; encore n'en
porte-t-il pas le titre.

— Soit, chez M. le baron du Penhoer, rejeton des
rois de la vieille Am... Comment dites-vous cela,
Baptiste ?

— Je dis, ma pauvre Marguerite, que la vanité vous
tourne la tête et que, si vous alliez raconter ce que je
viens de vous dire, vous vous rendriez et vous rendriez vos maîtres souverainement ridicules. Pieusement conservés dans les familles qui en sont dépo-
sitaires, ces souvenirs du passé constituent le plus
précieux des trésors; transmis religieusement de
père en fils, ils sont le plus puissant des stimulants à
la bravoure, au patriotisme; recueillis par des serviteurs fidèles et dévoués, ils entretiennent et augmen-
tent leur fidélité, leur dévouement; en un mot, ils
constituent le plus indiscutable des titres au respect
de tous, car ils sont inséparablement unis à l'idée de
services rendus au pays; mais pour qui chercherait
à en tirer une puérile vanité, à s'en servir pour en
faire parade, pour se donner de l'importance, ces
souvenirs si respectables perdraient aussitôt tout leur
prestige; de sacrés qu'ils sont, ils deviendraient ridicules.

— Quel profit y a-t-il donc à appartenir à l'ancienne

noblesse ou à être à son service, s'il n'est pas permis de s'en glorifier ?

— Le profit pour les uns de posséder et de continuer les meilleures et les plus saines traditions de
la famille, de l'honneur et du patriotisme; pour
les autres l'avantage de consacrer leur vie et leurs
services à des gens qui le méritent, et surtout qui
comprennent et apprécient ce qu'on peut avoir occasion de faire pour eux...

La voix de Thérèse qui entrait tout effarée en disant : — Eh quoi ! sept heures vont sonner, monsieur
vient de rentrer et le potage n'est pas encore servi !
interrompit Baptiste qui se précipita dans la salle à
manger, la soupière à la main, pendant que Marguerite dressait à la hâte son relevé de potage.

VII

Le dîner touchait à sa fin; après avoir servi le
dessert, Baptiste allait se retirer, lorsque, se souve-
nant de la commission que lui avait donnée son ancien maître, il s'approcha de M. du Penhoer :

— Si monsieur le baron veut bien me le permettre, commença-t-il.

— Où diable a-t-il pris son «monsieur le baron?»

12.

s'écria le banquier. Est-ce vous, Ondine, qui l'avez
ainsi stylé!...

— Moi! mon oncle.

— Pardon, monsieur, ce n'est pas mademoiselle
qui nous a appris le titre qui vous appartient et que
je vous demande excuse de vous avoir donné, si tel
n'est pas votre désir; c'est mon ancien maître, le
comte de Kerségan, qui m'a chargé aujourd'hui de
saluer de sa part son compatriote et voisin de château, je crois, M. le baron du Penhoer.

— Le comte de Kerségan!... une de vos connaissances sans doute, Ondine.

— Non, mon oncle, et cependant ce nom ne m'est
pas tout à fait étranger...

— Ni à moi, non plus. Les Kerségan!... Mais, at-
tendez, je vois d'ici leur manoir, sur une falaise presque aussi escarpée que celle de Penhoer... de l'autre côté de Penmarch. J'y ai, je me le rappelle
maintenant, passé, il y a quelque quarante ans, une
fameuse semaine. Dix fois j'ai failli m'y rompre les
os pour y dénicher des œufs de goëland. Oh! le bon
temps, Ondine, et que l'âcre senteur de la mer allait
mieux à mes poumons que la lourde atmosphère
de Paris... Mais, bath! par de regrets! si je n'avais eu
le courage de m'arracher à cette vie, alors si sédui-
sante pour moi, aurais-je maintenant l'ineffable jouis-
sance d'assurer le bonheur de la « chère petite fée »

que m'a confiée mon frère Bertrand!... Tout est
donc pour le mieux en ce bas monde, où les brise-
ments de cœur assurent si souvent les joies de l'a-
venir.

En parlant ainsi, le banquier s'adressait plutôt
à lui-même qu'à ses auditeurs. Ondine, cependant,
l'écoutait avec un recueillement ému, pendant que
Baptiste, en domestique bien appris qui ne doit jamais avoir l'air d'entendre ce qui ne s'adresse
pas directement à lui, allait et venait d'un buffet
à l'autre, très-occupé en apparence, bien qu'il n'eût
absolument rien à faire.

— Et toi? dit M. du Penhoer à sa nièce, les con-
nais-tu ces Kerségan?...

— Leur château seulement; mon père me l'a
montré pendant une excursion que nous avons faite
à Penmarch et aux environs, en me disant que c'était
la demeure d'une des plus anciennes et des plus
loyales familles de Bretagne. Depuis, je l'ai aperçu
plusieurs fois, de loin, pendant nos promenades en
mer.

— Et ses habitants?

— Il n'était, je crois, alors habité que par la
vieille comtesse douairière, à qui son unique fils
avait causé, disait-on, de grands chagrins.

— L'ancien maître dont vous nous parliez tout
à l'heure, Baptiste, serait-il par hasard ce fils?...

— J'ai tout lieu de le penser, monsieur, car M. le comte de Kerségan, qui m'a fait l'honneur de me reconnaître et de m'aborder ce matin, était précisément fils unique, et bien souvent j'ai mis à la poste des lettres adressées par lui à madame sa mère, au château de Kerségan. Quant aux chagrins, ils n'ont pas dû lui manquer à la digne femme, si j'en juge par les épreuves de toutes sortes qu'a traversées M. le comte..... Un parfait gentilhomme, cependant, comme on dit dans votre monde, monsieur; mais trop généreux, trop bon; peut-être trop loyal.

— Pas de ces propos-là chez moi, monsieur Baptiste! Je n'admets pas, sachez-le, qu'un homme, et surtout un gentilhomme, comme vous disiez tout à l'heure, puisse jamais avoir trop de loyauté.

— Que monsieur me pardonne; ce n'est pas ainsi que je l'entendais. Je voulais dire trop confiant. M. le comte jugeait tout le monde d'après lui, et quand je lui disais.....

— Ah! vous étiez son conseiller, Baptiste?...

— Son conseiller, pas absolument; mais M. le comte connaissait ma fidélité, mon dévouement, et il me permettait, en certaines occasions, de lui dire mon opinion... S'il m'y avait autorisé plus souvent, s'il avait surtout voulu me croire touchant certain homme d'affaires à qui il avait confié ses intérêts et mis la bride sur le cou, aujourd'hui cet homme n'aurait pas trente mille livres de rente et par contre lui-même ne serait pas réduit à vivre... ma foi, je ne sais trop de quoi !

— Est-il réduit à la misère?

— A peu près, monsieur, à peu près... j'ai du moins tout lieu de le penser. Ce qu'il y a de certain, c'est qu'après avoir peu à peu renvoyé ses domestiques et réduit sa maison au plus strict nécessaire, il me dit un matin :

« — Baptiste, combien te dois-je?

« — Monsieur veut donc me renvoyer! m'écriai-je.

« — Te renvoyer, mon ami, non; on ne renvoie pas des serviteurs comme toi, mais t'engager à chercher une place meilleure que ne peut être désormais ta condition chez moi... Aussi bien, mon ami, puis-je et dois-je te dire toute la vérité : Je suis complétement ruiné !... Tu y voyais plus clair que moi : ce gredin de Lombard vient de me mettre nu comme un ver !

« — Nu comme un ver, murmurai-je tout abasourdi.

« — A peu de chose près; car il m'a apporté des comptes si embrouillés, il m'a mis en présence de créanciers si récalcitrants auxquels, en signant de confiance tout ce que le misérable me présentait, j'avais donné de telles armes, que, pour éviter un effroyable scandale, qui n'eût d'ailleurs fait que retarder de quelques mois ma ruine, j'ai dû, — cette fois, par exemple, après avoir pris l'avis d'un homme de loi honnête et compétent, — j'ai dû, dis-je, lui céder mes dernières propriétés, moyennant l'engagement pris par lui de liquider toutes mes affaires... De telle sorte que j'ai pu en toute vérité écrire à ma pauvre mère, dans les mêmes termes que François Ier à la sienne : « *Madame, tout est perdu fors l'honneur !...* » Encore, hélas ! aurais-je dû ajouter : « *moins la gloire !* »

« — Oserai-je demander à monsieur le comte ce qu'il compte faire ?

« — Le sais-je moi-même !... Cependant si : d'abord te faire payer intégralement par ce coquin, non-seulement tes gages, mais tes avances ; car je ne suis point aveugle, Baptiste, et j'ai bien vu que depuis quelque temps les menues dépenses qui se font par ton intermédiaire marchent sur le pied habituel, sans que tu me demandes jamais d'argent... Ensuite... si je puis parvenir à peser assez sur ma conscience pour lui faire oublier, ne fût-ce qu'un seul instant, que je suis chrétien, gentilhomme et Breton, eh bien, je me ferai sauter la cervelle !

« — Ah ! monsieur le comte ! m'écriai-je, et vos enfants ?

« — Mes chers, mes pauvres enfants ! Comme ils auront le droit de me maudire quand ils compren-

dront la position que je leur ai faite!... Ne me parle
pas d'eux, Baptiste; ne me parle pas surtout de ma
sainte mère; tu me rendrais fou..... »

— Je refusai d'abord, continua Baptiste, d'accepter mon congé. Je ne voulais pas abandonner
dans l'infortune un maître qui m'avait si bien traité
quand il était heureux; mais je finis par comprendre que, même sans toucher de gages, je serais une
charge trop lourde; je cherchai une place, et les
bons certificats que me délivra M. le comte ne me
la laissèrent pas attendre longtemps. Mes nouveaux
maîtres m'emmenèrent en Italie. Quand nous re-
vînmes, M. de Kerségan était complétement oublié du
monde parisien; je ne pus me procurer son adresse
que lui-même, du reste, m'a refusée, quand j'ai eu
deux ou trois fois la bonne fortune de le rencontrer
par hasard.

— Vous avez parlé des enfants de M. de Kerségan, il est donc marié? demanda M. du Penhoer.

— Oui, à une charmante femme, de grande nais-
sance, mais sans fortune, dont la mort, en mettant
au monde son second enfant, une fille qui doit avoir
l'âge à peu près de mademoiselle, causa à M. le
comte un violent chagrin, et fut la cause première
de sa ruine.

— Comment cela?

— D'abord monsieur prit en dégoût son château

de Bretagne où sa jeune femme était morte; il s'installa définitivement avec ses enfants, qu'il ne voulut pas quitter, à Paris où jusque-là il n'avait eu qu'un pied-à-terre; ensuite, et ce fut le pire, ennuyé, découragé, il s'abandonna à la malheureuse influence de ce Lombard, et lui laissa prendre peu à peu un tel empire sur son esprit qu'il ne voyait et n'agissait plus que par lui!.....

CHAPITRE XI

LE PRIX D'UNE LARME

I

Depuis le jour où, à la suite du message et du récit de Baptiste, M. du Penhoer et Ondine ont pendant presque toute la soirée causé de M. de Kerségan, de ses malheurs, de ses enfants, — un fils et une fille qui, au dire du domestique, s'ils ont tenu les promesses que donnaient leur enfance, doivent être maintenant des jeunes gens accomplis, — plusieurs mois se sont passés, amenant avec eux, ou plutôt complétant, pour le calme intérieur du banquier, la plus heureuse des transformations.

En pl.ine possession de ses droits de maîtresse de maison, Ondine règne et gouverne au logis ; elle y maintient l'ordre le plus parfait, et, forcée de reconnaître que « les *lubies* de mademoiselle » sont de beaucoupp référables à « sa *sagacité*, » Marguerite ne se contente plus de ne pas faire d'opposition : elle adore sa jeune maîtresse, et quiconque oserait dire qu'Ondine n'est pas « une véritable perfection » aurait affaire à elle.

13

Madame Thérèse, qui a renoncé à toute velléité de domination, reconnaît volontiers que « le paradis sur la terre » consiste à vivre auprès d'une personne juste, bienveillante, qui, sachant toujours ce qu'elle veut et pourquoi elle le veut, n'a jamais de ces indécisions, de ces caprices, de ces revirements d'humeur qui, en se produisant à l'improviste, sont dans une maison ce que sont en pleine mer ces *sautes de vent* si redoutées des marins : le signal de bourrasques plus ou moins furieuses, plus ou moins durables, mais toujours menaçantes.

— Mademoiselle n'en fait qu'à sa tête, a-t-elle coutume de dire, mais comme, après tout, elle a une excellente tête et que son plus grand souci est de rendre heureux ceux qui l'entourent, il n'y a pas grand mal à cela.

Et ainsi notre jeune héroïne expérimente la vérité de cette parole d'une femme de sens et d'esprit : « La douceur est conquérante ! »

C'est sa douceur en effet, — une douceur qui est qualité acquise et non affaire de tempérament, qui, loin d'exclure la force, l'énergie, la persévérance, a ces qualités pour point de départ et pour fidèles compagnes, — c'est cette douceur qui a, sans lutte, sans secousse, tout aplani autour d'elle ; c'est elle qui lui a ouvert et acquis les cœurs ; c'est elle qui les lui conservera, de telle sorte que les affections qu'elle s'est créées jusqu'ici, celles qu'elle se créera dans l'avenir, l'accompagneront toutes jusqu'à sa dernière heure.

M. Dumont la vénère, M. du Penhoer la chérit ; elle a rattaché à la vie sociale ces deux hommes que la timidité de l'un et la misanthropie de l'autre en éloignaient.

Que de merveilles encore n'a-t-elle pas opérées, cette mignonne petite fée ! seule, elle ignore l'empire qu'elle exerce sur les cœurs.

Non-seulement Ondine n'a pas eu besoin de recourir au crédit supplémentaire que lui a ouvert son oncle à la caisse de la banque, mais encore, ayant reconnu avant la fin du second mois que la somme allouée mensuellement aux dépenses de la maison était d'un quart au moins au-dessus des dépenses courantes, elle en a demandé la réduction.

M. Dumont a déclaré avoir des ordres pour une augmentation, mais non pour une diminution.

— Cela regarde monsieur votre oncle, adressez-vous à lui.

— Mais mon oncle m'a défendu de lui parler d'argent.

— Pour lui en demander ou pour lui adresser les jérémiades en usage chez les dames au sujet de la cherté des denrées, des exigences de la position, etc., je le conçois ; mais, pour lui déclarer qu'il en donne trop, et refuser ce trop !... quand ce ne serait que pour la rareté du fait, j'imagine que M. du Penhoer sera ravi de vous entendre.

M. du Penhoer, à qui la singulière requête fut présentée le soir même, s'en montra fort surpris :

— Nais, s'écria-t-il, la pension que j'avais allouée pour le ménage avait été fixée sur les notes de Marguerite. Cette fille me trompait donc?

— Non, mon oncle, seulement elle ne savait ni acheter, ni surtout tirer parti de ce qu'elle achetait.

Le banquier hocha la tête :

— S'il n'y avait que cela, dit-il, l'écart ne serait pas aussi considérable.

— Il n'y a pourtant pas autre chose, et avec certaines cuisinières non moins honnêtes, mais moins soigneuses encore que Marguerite, l'écart pourrait être plus fort.

— C'est étrange! Jamais je n'aurais cru que le savoir-faire d'une femme pût avoir, dans son intérieur, des résultats aussi importants.

— Voilà ce que c'est, cher oncle, que d'avoir vécu si longtemps seul, répliqua en riant Ondine; mais, en attendant que je vous prépare d'autres surprises dans le même genre, il me reste à vous remettre la différence entre mes dépenses et mes recettes pendant ces six dernières semaines. Je voulais que M. Dumont en défalquât le montant sur la somme qu'il m'a donnée ce matin, et qu'il diminuât en proportion le chiffre qui m'est alloué, mais il s'y est refusé.

— Et il a parbleu! bien fait. Il ferait beau voir que les économies de ma petite ménagère profitassent à d'autres qu'à elle.

— Et que voulez-vous, mon oncle, comblée comme je le suis de vos bontés, que je fasse de ce que vous appelez mes économies, bien que ce ne soit que l'excédant de votre générosité?

— Ce que je veux que tu en fasses? mais tout ce qu'il te plaira, petite fille. Par exemple, ne se trouve-t-il pas dans quelque coin de la paroisse de Penhoer un second couple futur qui ait besoin, pour se mettre en ménage, d'une barque de pêche ou de quelque autre espèce d'ustensile nécessaire à gagner le pain de chaque jour?

C'était la première fois que le banquier faisait allusion à l'emploi du premier présent qu'il avait fait à sa nièce; celle-ci avait su, il est vrai, par Jeannic, qui lui avait écrit pour la remercier, que son oncle avait confirmé le don qu'elle avait fait à son fils; mais était-ce une simple adhésion à un acte sur lequel il n'y avait pas à revenir ou une franche approbation à cet acte que le banquier avait prétendu donner? Ce que la jeune fille n'avait jamais osé demander, elle le savait maintenant, et, dans le premier mouvement de sa joie, elle saisit la main de

M. du Penhoer, et la porta à ses lèvres en s'écriant :

— Que vous êtes bon, mon oncle.

— Bon, moi! ah! par exemple, voilà qui est fort. Personne ne l'a jamais dit et encore moins pensé. Je suis, au contraire, maussade, brutal, maniaque, que sais-je? insupportable, en un mot.

— Mon oncle!...

— Non, quoi que tu en dises, je ne suis pas bon, mais je voudrais le devenir. C'est une ambition qui m'est entrée dans le cœur lorsque, la première fois que je t'ai vue, j'ai dit à mon frère Bertrand : « Je te remplacerai, je tâcherai d'être pour elle ce que tu lui as été jusqu'à ce jour... »

Oui, à dater de ce moment, à dater surtout de celui où j'ai reçu la chère lettre de ton père, j'ai compris que ma vie avait été une vie sans affections, c'est-à-dire vide et inutile.

Tu m'as appris les moyens de remplir ce vide, de donner un but, une occupation à cette inutilité, bénie sois-tu; car, quoi que je fasse pour toi, de quelques trésors que je puisse te combler, je resterai toujours ton débiteur.

Oh! ne proteste pas; écoute plutôt cette légende qui m'a frappé quand je l'ai lue, il y a bien des années, mais dont je ne comprends bien le sens qu'à présent.

II

C'était au temps où la poursuite du grand œuvre, c'est-à-dire la transmutation des métaux, la génération spontanée, l'immortalité de la vie humaine, passionnaient les esprits ardents et investigateurs.

Confiné dans un donjon isolé, au sein d'une campagne silencieuse et déserte, un alchimiste renommé vivait seul.

Son orgueil incommensurable, plus encore que son exclusif amour pour la science, le portait à éviter tout contact avec les autres hommes. Sauf quelques maîtres de la science occulte dont il vénérait la mémoire, il professait pour l'humanité entière un profond mépris. Ce qui, en général, passe pour vertu et est imputé à mérite, la pitié, la bonté, la générosité, la bienveillance, lui apparaissait comme des faiblesses indignes d'un esprit tel que le sien.

Croyait-il en Dieu? Nul ne l'aurait su dire, mais s'il ne niait pas l'intervention d'un souverain créateur de toutes choses, du moins se croyait-il dispensé de plier le genou devant lui et, dans son orgueil, il n'était pas loin de renouveler l'audacieuse lutte des anges rebelles.

Déjà il touchait aux dernières limites de la science, les livres qui en traitent n'avaient plus de mystères pour lui ; il avait retrouvé plusieurs secrets qu'on croyait perdus ; il avait fait plus ; il avait grossi ces secrets de découvertes incomparables.

Encore un effort, encore une seule expérience peut-être, et il sera enfin possesseur du grand œuvre : de son creuset coulera un fleuve d'or, dans le corps que ses mains auront façonné s'allumera le flambeau de la vie !... Il deviendra *semblable à Dieu !*... Et quand il sera ainsi devenu maître du monde, que fera-t-il ?

— Mettra-t-il au service de l'humanité les conquêtes de son intelligence ?... Utilisera-t-il l'or qu'il multipliera à son gré, pour semer le bonheur autour de lui... se fera-t-il le protecteur du malheureux, le soutien du faible ?...

— Non, tel n'est ni son désir, ni son but. Sa puissance, sa gloire, son bonheur, c'est-à-dire lui, encore lui, toujours lui, voilà son unique pensée.

Régner sur l'univers, écraser sous sa main puissante tout ce qui le gênera, réduire toutes choses sous sa domination, voilà à quoi il vise.

Son savoir est grand, mais plus grand encore est son égoïsme. Et ainsi se vérifie en lui la parole de l'apôtre : « *La science enfle, la charité édifie !* »

La charité ! notre savant en ignore le charme et le pouvoir : si parfois il en a entendu prononcer le nom, il n'en a jamais compris le sens. Sous quelque forme qu'il s'offre à lui, l'amour est pour lui une lettre close.

L'amour divin, salut et rachat de l'humanité, est de tous les uogmes chrétiens celui qui a le moins souvent arrêté sa pensée. De Dieu il ne voit, il ne comprend, il n'admire et surtout il n'envie que la toute-puissance créatrice !

L'amour de la famille ! si quand il était enfant son jeune cœur a battu au contact du cœur maternel, ces émotions vivifiantes appartiennent à un temps si éloigné qu'il ne s'en souvient plus.

Aussi loin que, remontant le cours des années, sa pensée se reporte en arrière, elle le trouve luttant seul contre les mêmes difficultés : les mystères de la science.

Le foyer paternel, si jamais il en a existé un pour lui, n'a laissé qu'une trace fugitive dans sa vie.

Ce qu'il a, ce qu'il est, ce qu'il espère, c'est à lui seul qu'il le doit, à son intelligence, à son âpreté au travail, à sa persévérance.

A qui rendrait-il grâces? Qui bénirait-il? lui qui ne reconnaît qu'une seule force, le travail; qui n'ambitionne qu'une seule récompense, le succès.

Il n'a pas mis Dieu de moitié dans sa vie; il ne lui a jamais demandé son aide, ses lumières, et Dieu s'est retiré de lui, l'abandonnant à son orgueil... à cet orgueil insensé, sans frein et sans limites dont

13.

la sainte Écriture nous montre un exemple terrible dans ce monarque assyrien qui, après être
arrivé au faîte de la puissance et de la gloire, tomba
tout à coup au niveau de la brute et demeura, des
années entières, n'ayant même plus conscience de la
dignité humaine qui résidait en lui.

Or, un soir que dans sa tour solitaire l'alchimiste
de Halle, penché sur ses creusets, le front ruisselant
de sueur, des éclairs dans le regard, préparait soigneusement la mixture mystérieuse qui allait enfin
— il en était sûr cette fois — se transformer en or
pur, le heurtoir de la petite poterne frappa successi-
vement et rapidement trois coups retentissants.

— Quel est l'audacieux qui ose ainsi troubler ma
solitude? pense le savant, et, sans s'inquiéter de
l'orage qui grondait, de la pluie qui ruisselait, sans
même songer qu'un malheureux peut avoir besoin
de secours, il continue de concentrer son attention
sur le fourneau incandescent.

Le heurtoir est une seconde fois mis en mouvement. Troublé dans ses calculs, l'alchimiste maudit
l'importun.

Pour la troisième fois trois coups pressés se mêlent aux grondements du tonnerre; au même instant minuit sonne à l'horloge de la tour.

Une idée soudaine traverse l'esprit du solitaire.
N'a-t-il pas vu dans de vieux récits que des êtres

surnaturels, s'intéressant aux travaux des grands alchimistes ou évoqués par eux, sont venus à l'heure de minuit leur apporter aide et conseils ?

Le visiteur qui à cette heure solennelle ose braver la réputation de sorcellerie, que l'alchimiste lui-même s'est complu à accréditer afin d'en mieux imposer au vulgaire, n'est pas assurément une simplecréature humaine.

Quel mortel d'ailleurs s'exposerait à la rage des éléments déchaînés...

Oui, la visite que lui annonce un quatrième appel du heurtoir, est une bonne fortune inespérée. Refuser de la recevoir, ce serait méconnaître ses plus précieux intérêts... repousser la fortune... plus peut-être que la fortune, la gloire.

Et décrochant la lampe de cuivre qui éclaire son laboratoire, l'alchimiste s'élance dans l'escalier en spirale... Le voici à la porte dont il retire les solides barres de fer; la clef grince dans la serrure, les lourds battants s'entr'ouvrent...

— Qui que tu sois, murmure le savant, tu es le bienvenu en mon humble logis.

— Que Dieu te récompense et te bénisse, réplique une voix faible ; puis une forme indécise fait quelques pas en avant, chancelle et vient tomb·? aux pieds de l'alchimiste.

— Oui, béni soit Dieu qui a permis que je puisse

arriver jusqu'au seuil de ta demeure afin de te confier mon trésor le plus précieux.

— Un trésor ! Donne, donne vite, balbutie le savant en se penchant vers le corps qui gît immobile
sur la dalle du vestibule.

— Encore une fois, béni sois-tu, reprend la voix
de plus en plus faible.

Et, par un effort suprême, qui absorbe ce qui lui
reste de forces et de vie, le mourant dépose un paquet entre les bras de l'alchimiste.

Pour saisir le paquet, celui-ci laisse échapper sa
lampe ; dans l'obscurité il repousse violemment la
porte qui se referme avec fracas, et, sans s'inquiéter
de ce corps expirant auquel se heurte son pied, il
remonte en toute hâte son « précieux trésor » serré
contre sa poitrine.

Le voilà de retour dans son laboratoire. Penché
sur l'âtre d'où s'échappent de vives clartés, il écarte
les voiles flottants sous lesquels se cache le don
mystérieux qui vient de lui être apporté.

... Un vagissement plaintif le fait tressaillir... La
dernière draperie est ouverte... Un doux et bel enfant fixe sur lui son regard étonné.

— Un enfant, à son foyer, dans ses bras !... Qui
donc s'est ainsi raillé de lui ?

Et il fait un mouvement pour se débarrasser de
cet importun fardeau.

Mais l'enfant, qui voit le brasier s'ouvrir béant au-dessus de lui, s'attache par un geste instinctif et charmant au cou de l'alchimiste ; il cache sa tête sur son épaule, et dans ce mouvement il arrive que le cœur de l'homme et le cœur de l'enfant se rapprochent de telle sorte que leurs battements se rencontrent.

Et, à ce contact, l'homme superbe et insensible sent courir un frisson dans ses veines. Un sentiment qu'il ne connaissait pas et que quelques instants auparavant il se fût vanté de ne jamais pouvoir éprouver, gonfle sa poitrine et mouille ses yeux.

Il pleure, lui, l'orgueilleux blasé qui tout à l'heure a vu une créature humaine tomber à ses pieds sans daigner même se courber pour s'assurer si elle était bien morte !

Il pleure, et la première larme qui tombe de ses yeux sur le front innocent qui se tend vers lui comme pour solliciter une caresse, cette larme plus brillante, plus limpide et surtout mille fois plus précieuse que tous les diamants que dans ses rêves il a vus s'échapper en cascades éblouissantes de son creuset, fond la glace de son cœur.

Un prodige bien autrement admirable que la transmutation des métaux s'accomplit dans son âme :

Un sentiment inconnu jusqu'ici, la tendresse, la pitié, a pénétré et transformé tout son être.

Il a suffi d'une larme, d'une seule larme, pour opérer ce prodige !...

Et, conséquence merveilleuse de ce premier prodige, voici que la compassion et la tendresse que lui inspire l'innocente créature, qui, en reposant un instant sur son cœur, y a allumé une flamme divine qui ne s'éteindra plus, se reportent tout à coup sur cette autre créature qu'il a abandonnée sur la dalle froide du vestibule.

Il dépose doucement l'enfant sur la peau d'ours qui lui sert de couche, il allume une lampe, il redescend l'escalier et, agenouillé auprès du corps que la mort a déjà rendu froid et rigide, il s'efforce de le ranimer.

Lui, si dédaigneux naguère de tout ce qui touche à l'humanité, lui qui appelait les restes mortels de l'homme « une vile matière, » le voyez-vous priant, tête nue, auprès de cette morte qu'il n'a connue vivante que pour l'entendre lui confier son enfant ? le voyez-vous soulevant avec respect ce corps inerte, et, après l'avoir enveloppé dans son manteau, le déposant sur la large banquette du vestibule près de laquelle il place sa lampe allumée ?

— Repose en paix, pauvre mère, ton enfant ne sera pas abandonné !

Un bruit singulier, moitié pleurs, moitié murmure, descend à ce moment du haut de la tour.

— C'est l'enfant !... Ah ! s'il allait mourir aussi !
Et remontant en toute hâte, l'alchimiste, sans se soucier de ses fourneaux qui s'éteignent, de ses creusets qui refroidissent, court au pauvre petit être qui
s'agite en gémissant.

— Pauvre chère petite créature, elle a froid et faim.
Ah ! que je donnerais toute ma science en ce moment
pour une tasse de lait ! Que je renoncerais volontiers
à toutes mes espérances de gloire, en échange de
l'humble science de la mère de famille à qui Dieu
et l'expérience enseignent les moyens de disputer
leurs enfants à la maladie, à la mort !

L'enfant est pâle, il tremble la fièvre... Il faut le
réchauffer.

Et accroupi devant son foyer, il le tient enveloppé
dans un pan de sa robe, il frictionne ses petits membres roidis ; il l'embrasse ; il lui parle doucement.
Sous l'action de ces caresses et ranimé par la chaleur, l'enfant oublie la faim qui le presse et s'en-
dort.

Les heures s'écoulent ; fourneaux et creusets sont
entièrement éteints, l'alchimiste n'y songe pas.

Toute son attention est concentrée en un seul
point : que l'enfant n'ait pas froid.

La tempête fait toujours rage au dehors, l'aube va paraître ; la grande pièce silencieuse n'est éclairée que par la flamme du foyer et voici que cette flamme menace de s'éteindre faute d'aliment.

Les deux escabeaux, la table de chêne ont tour à tour été jetés dans l'âtre qui les a dévorés... L'enfant se réveille à demi ; il pousse un faible gémissement.

Les précieux in-quarto, les immenses in-folio suivent dans la vaste cheminée les meubles disparus et sont, à leur tour, consumés.

La bise descend en sifflant par la cheminée ; elle ébranle les vitres et s'infiltre par les fentes des boiseries :

— Plutôt que de laisser souffrir et peut-être s'éteindre cette frêle créature, périsse le fruit de trente années de travail ! s'écrie le savant alchimiste et, d'une main résolue, il jette dans le feu, feuille à feuille, les pages nombreuses où sont consignées jour par jour ses études et ses découvertes.

Chaque morceau de papier qui crépite en se repliant sur lui-même, qui, avant de noircir et de se transformer en cendres fait, onduler ses lignes comme si elles étaient animées d'un souffle vivant, emporte avec lui un précieux trésor pour la conservation duquel le savant eût volontiers risqué sa vie.

C'est sans hésitation, sans regret cependant qu'il les sacrifie...

Voici enfin le jour. Avec quelle impatience l'alchimiste attend l'heure où doit venir la femme qui deux fois par semaine lui apporte ses provisions ! Pourvu que l'orage ne la retarde pas...

Dieu soit loué ! Elle arrive ! L'enfant dans ses bras, il court lui ouvrir.

— Hâtez-vous, Gertrude ; voici une pauvre petite créature qui a besoin de vos soins.

— Une enfant, chez vous, maître ! Seigneur Jésus ! qui donc vous l'a amenée ?

— Sa mère, je suppose.

— Vous supposez ?... Mais enfin, cette mère, qui est-elle ?... où est-elle ?...

— Son âme est auprès de Dieu, j'espère. Quant à son corps, il est là.. Mais avant tout, occupons-nous de l'enfant dont j'ai promis à la mère de prendre soin.

— Prendre soin d'un enfant, vous, maître ?

L'alchimiste sourit tristement.

— Oui, Gertrude, moi, qui ne suis plus l'homme sans entrailles que j'étais hier encore... moi, qui ai eu, cette nuit, l'heureuse fortune d'expérimenter le prix d'une larme !...

La pauvre mère reçut une sépulture chrétienne, l'enfant fut soignée et sauvée et son père d'adoption, l'alchimiste de Halle, se garda d'abandonner ses études; mais inspiré par le sentiment d'amour chrétien qui avait enfin vaincu son orgueil égoiste, au lieu de s'acharner à la poursuite de la pierre philosophale, il reporta les investigations de son esprit sagace et observateur sur l'art de consoler les douleurs de l'âme et de guérir celles du corps.

Il mourut chargé d'années et comblé de bénédictions de toutes sortes: satisfaction du cœur; estime, affection, reconnaissance de ceux auxquels il s'était dévoué; joies domestiques, surtout, apportées à son foyer par sa chère fille d'adoption.

— Que Dieu est bon! s'écriait-il chaque fois qu'il lui arrivait d'énumérer tous ces biens si précieux!

— Que Dieu est bon! tant de bienfaits pour prix d'une larme!...

Depuis quelques instants M. du Penhoer se taisait et Ondine, attentive et recueillie, semblait l'écouter encore.

S'arrachant tout à coup à son émotion, la jeune fille se précipita dans les bras du banquier.

— Mon oncle! mon cher oncle! s'écria-t-elle, comme je suis heureuse de penser que j'ai pu, ainsi que l'orpheline de Halle, apporter dans votre logis solitaire un rayon de bonheur ; mais ce que je ne puis, ni ne veux admettre, c'est que moralement vous ayez jamais ressemblé au savant de la légende. Vous orgueilleux !... vous égoïste ! C'est ce que je ne saurais entendre dire à personne..... non, pas même à vous !

CHAPITRE XII

UNE LETTRE

I

« La fée du logis » continuait son œuvre bénie ; il eût été difficile de trouver dans l'immense capitale une maison mieux ordonnée, mieux tenue, plus calme et surtout plus heureuse que celle du banquier.

Un an à peine s'était écoulé et la transformation était si complète que ses plus intimes amis — s'il eût eu des amis — se fussent refusés à le reconnaître.

Il n'est pas jusqu'aux bureaux de la banque, jusqu'à ce cabinet où nous avons fait entrer nos lecteurs sur les pas de Bertrand et d'Ondine qui n'aient changé d'aspect.

La jeune fille n'y est pas entrée dix fois depuis qu'elle habite chez son oncle et cependant son influence y a fait pénétrer un clair rayon de soleil qui ne cessera plus d'y briller.

Quelques journées de peintre, quelques mètres d'étoffes transformés en portières et en rideaux,

des paillassons, un tapis, que sais-je ! *ces riens* qui
créent le confortable dans la plus triste demeure, ont
suffi pour réaliser ce prodige.

M. Dumont est rayonnant ; sa taille fatiguée s'est
redressée, le sourire s'est épanoui sur ses lèvres,
nul jamais ne l'a connu si jeune et surtout si
satisfait.

Ajoutons qu'en dépit de sa modestie, le digne
homme a conscience d'être pour quelque chose
dans le changement survenu chez son patron. N'est-
ce pas lui qui, tout d'abord, a appris à Ondine à
apprécier, à aimer son oncle ?

N'est-ce pas lui, ensuite, qui a aidé la jeune
fille dans son œuvre d'organisation, qui l'a aidée de
ses conseils, de son expérience ? Oui, décidément il
est bien pour quelque chose dans ce calme bonheur
dont une part rejaillit sur lui.

Bonheur d'autant plus réel, que tous ceux qui en
jouissent savent qu'ils sont heureux et ne se lassent
pas d'en remercier la Providence.

Or, avoir conscience de son bonheur et en être
reconnaissant est une science que bien peu de gens
possèdent. Combien à qui la vie donne d'incessants
motifs d'actions de grâces qui, en rêvant, en désirant mieux, gâtent et parfois même détruisent leur
félicité !

Heureux sans le savoir, ils perdent par le fait de cette ignorance le bénéfice de leur bonheur !

Chez M. du Penhoer il n'en est pas ainsi, et ce n'est pas un des moindres droits d'Ondine à la gratitude et à la tendresse de ceux qui l'entourent, que l'aimable piété, la sérénité d'humeur, l'expansion affectueuse, grâce auxquelles elle a su pénétrer les cœurs et les mettre, si l'on peut ainsi parler, au diapason du sien.

Mais éloignons-nous un instant de l'appartement élégant du boulevard pour aller rue Beaubourg retrouver M. du Penhoer.

II

Assis dans le vaste cabinet que nous connaissons, le banquier est plongé dans un minutieux travail de récapitulation.

A un coup discret frappé à la porte :

— Entrez, répond-il machinalement et sans même relever la tête.

— Une lettre, monsieur, dit M. Dumont.

— Est-ce important?

— Je l'ignore, le pli n'est pas celui d'une lettre

d'affaires ; je ne l'ai donc pas ouverte... Et puis, monsieur, le timbre me semble indiquer un correspondant particulier... Elle vient de Penmarch.

— De Penmarch !... Serait-il question d'Ondine ?

Et, d'une main tremblante, M. du Penhoer fait sauter le cachet...

— Une écriture de femme et de femme âgée... Qu'est-ce à dire... Ah ! comtesse de Kerségan !... «La pauvre femme est mourante paraît-il ; elle n'a pu jusqu'ici se procurer l'adresse de son fils ; elle ne voudrait pas quitter ce monde sans l'embrasser,... sans remettre en ses mains le précieux trésor qu'elle lui a si fidèlement gardé jusqu'à ce jour : Pierre, son fils, brillant enseigne dans la marine royale, et Marie, sa fille, un ange de grâce, de beauté et de bonté... Après d'infructueuses démarches pour retrouver le comte, elle a pensé à lui, qu'elle ne connaît pas, mais dont le recteur de Penhoer lui a donné l'adresse. Quand, ainsi que lui, on réunit le double avantage d'un nom honorable et d'une grande fortune, on ne saurait être sans influence. C'est à cette influence qu'en qualité de compatriote, presque de voisine, elle prend la liberté de faire appel... Si sa démarche paraît importune, elle s'en excuse sur le souvenir d'inépuisable bonté laissé par Ondine sur toute la côte, du Raz à Penmarch. Elle termine en suppliant la nièce de se faire auprès de son oncle l'avocat de sa requête... »

Après avoir relu deux fois la lettre dont nous venons de donner une rapide analyse, M. du Penhoer fait entendre un de ces sonores :

— Hum ! hum ! dont il a presque entièrement perdu l'habitude, de telle sorte qu'ils sont devenus chez lui l'indice d'une vive émotion.

— Hum ! retrouver dans Paris un homme qui prend à tâche de faire perdre sa trace sans que la police ait aucun intérêt à le chercher, autant vaudrait, comme disent les gens de chez nous, chercher une épingle dans un sac de warech !... Et cependant on y essaiera, madame la comtesse, ne fût-ce que pour l'honneur de la mignonne petite fée dont vous invoquez le nom et l'appui.

— Et certes, ajoute le banquier, avec un de ces bons sourires qui rendent Ondine si heureuse, — certes, la chère enfant a fait des prodiges encore plus difficiles que celui-là...

Le timbre violemment agité fait accourir M. Dumont.

— Il faut que je sorte à l'instant ; peut-être ne reviendrai-je pas à la banque de la journée, et demain n'y ferai-je qu'une courte apparition. Occupez-vous de ces bordereaux, Dumont ; ce que j'ai vérifié est pointé au crayon rouge ; voyez le reste.

14

— J'espère que ce ne sont pas de mauvaises nouvelles qu'a reçues monsieur?

— Non, Dumont, non, Dieu merci; du moins en ce qui me concerne, puisque je vais, je l'espère, y trouver l'occasion de rendre un service.

— Oh ! alors, réplique Dumont en se frottant les mains, vous voilà dans votre élément ; à condition toutefois qu'on ne vous remerciera pas... Attrape ! ajoute à part lui le facétieux caissier.

M. Dumont, qui le croirait? était devenu facétieux au point de hasarder tantôt une plaisanterie, tantôt une repartie, qu'il croyait piquante, dans sa conversation avec le banquier.

M. du Penhoer s'éloigne en riant, pendant que son caissier, tout en ramassant en liasse les bordereaux pour les emporter dans son bureau, murmure:

— Eh ! eh ! encore une allusion à l'affaire de Louis Austin que je suis parvenu à lui faire avaler... En ai-je de la chance maintenant ! Et dire que c'est à mademoiselle Ondine que je dois de pouvoir ainsi, de temps à autre, décharger le trop plein de mon cœur... Il en était temps. Encore quelques années de la réserve absolue qui m'était imposée et sûrement j'étouffais d'une reconnaissance rentrée..... Un mal fort rare que celui-là, assure-t-on, mais diantrement terrible...

III

— Baptiste est-il à la maison? demande M. du Penhoer en entrant brusquement dans le salon, où Ondine est occupée à broder.

— Je le pense, mon oncle.

— En ce cas que Thérèse aille le chercher, j'ai à lui parler de suite. En attendant, lis cette lettre.

Ondine prend la lettre ; son œil va bien vite chercher la signature à la quatrième page.

— De madame de Kerségan! s'écrie-t-elle avec surprise.

— Lis, mon enfant, lis avec attention, afin de pouvoir me donner un conseil.

La jeune fille est encore absorbée dans cette lecture, et sans qu'elle s'en aperçoive, des larmes coulent lentement de ses yeux, quand Baptiste entre dans le salon.

— J'espère que ce n'est pas une mauvaise nouvelle! voudrait s'écrier, comme M. Dumont quelques instants auparavant, l'honnête serviteur ; le respect ne lui permet pas de formuler cette question qui éclate sans doute dans son regard, puisque M. du Penhoer croit devoir le rassurer.

— Ne prenez pas cet air épouvanté, Baptiste! Le feu n'est pas à la maison, et, si ma nièce pleure, c'est uniquement par sympathie à un chagrin qui...

à un chagrin que... parbleu! à un chagrin auquel vous allez, je parie, m'aider à mettre fin.

— Moi, monsieur!

— Vous-même, mon ami. Etes-vous toujours aussi dévoué que par le passé à votre ancien maître?

— Au comte de Kerségan? Certes! après mademoiselle... et monsieur, il n'est personne au monde à qui je sois aussi attaché.

— Eh bien, il s'agit de lui rendre, à lui et à toute sa famille, le plus grand des services.

— Faut-il passer à travers le feu, monsieur? en vérité, je suis prêt.

— Il faut faire quelque chose de moins héroïque, mais de plus difficile peut-être : il faut le retrouver.

La grande ardeur de maître Baptiste fit place à un visible désappointement.

— Retrouver M. le comte! je croyais avoir dit à monsieur qu'il ne donnait son adresse à personne.

— Eh! parbleu! où serait le service rendu, s'il en était autrement?

— Pardon, mon oncle, mais je crois que le moyen le plus sûr de stimuler le zèle et l'intelligence de Baptiste serait de lui donner communication de la lettre que vous venez de recevoir. Donc, si vous le permettez...

Et, sur un signe affirmatif de M. du Penhoer, elle tendit la lettre à Baptiste.

Celui-ci reconnut sur-le-champ l'écriture.

— De madame la comtesse douairière ! s'écria-t-il. Et il lut aussi rapidement que le lui permirent les caractères tremblés et souvent mal formés.

Quand il eut achevé sa lecture, il replia lentement et méthodiquement la lettre qu'il posa sur la boîte à ouvrage d'Ondine.

— Oui, monsieur avait raison, il faut faire l'impossible, si c'est nécessaire ; mais il importe de retrouver le comte de Kerségan. Je le connais, si sa mère meurt sans l'avoir embrassé et béni, il ne se le pardonnera jamais... Et puis ces enfants qui resteraient seuls, sans appui dans ce monde... Il est vrai que... Bath ! un père, quelle que soit sa position, est toujours le meilleur soutien de ses enfants.

— Que comptez-vous faire ?

— Si monsieur veut bien m'accorder une heure de réflexion, j'ai quelque expérience de la vie parisienne, et j'arriverai certainement à combiner un plan.

— Ce plan me semble bien simple, interrompit Ondine. Au lieu de se mettre à la recherche directe du comte, ce qui probablement ne conduirait à rien, puisque sa mère y a échoué, il faut prendre des chemins de traverse, c'est-à-dire avoir recours à toutes les personnes avec lesquelles on sait qu'il a

14.

été en relations, s'enquérir, questionner, avec pru-
dence toutefois, afin de ne pas se créer des entraves
inattendues, soit en réveillant contre lui des animo-
sités endormies, soit surtout en le mettant sur ses
gardes s'il se savait cherché.

— Mademoiselle a raison, s'écria Baptiste, et, si
elle et monsieur veulent bien me dispenser d'une
partie de mon service, je puis me mettre à l'œuvre
sur-le-champ et y consacrer quelques heures aujourd'hui.

— Ce n'est pas d'une partie, c'est de votre service tout entier que je vous relève, Baptiste. Je
mettrai le garçon de bureau de la banque à la disposition de Marguerite pour la grosse besogne, et
Thérèse fera le service de la table... Hâtez-vous
donc, mon ami, hâtez-vous, la mort est souvent im-
patiente, et la lettre de Kerségan a déjà deux jours
de date. — Vous savez, s'il y a des dépenses à faire,
s'il vous faut des voitures, si vous jugez que quelques pièces d'or puissent délier une langue trop
discrète, n'épargnez rien.... M. Dumont aura ordre
de vous régler les notes que vous lui présenterez à
ce sujet.

IV

Pendant que Baptiste va commencer ses investigations, M. du Penhoer et Ondine débattent entre eux les mesures qui leur semblent utiles.

Mais ni l'un ni l'autre ne connaissent assez Paris pour trouver aisément un moyen d'action praticable.

— Consultons M. Dumont, s'écrie tout à coup la jeune fille. Je suis sûre qu'il nous donnera un bon conseil.

— Tu as, ma foi, raison; Dumont, avec son air indécis, ses manières embarrassées, est ce que les Américains appellent « un homme pratique. » Il nous aidera. Préviens Thérèse et Marguerite qu'on le fasse entrer ce soir quand il quittera la banque.

— Pourquoi attendre à ce soir, cher oncle?...

— Dumont ne peut abandonner sa caisse avant quatre heures.

— Sauf pour passer dans votre cabinet, causer avec nous.

— Ce qui veut dire?

— Que je ne vous demande que le temps de

prendre mon chapeau pour vous accompagner rue
Beaubourg.

M. Dumont fut requis de lire la lettre de madame
de Kerségan, après quoi on lui raconta ce qu'on savait de l'histoire de celui qu'il s'agissait de découvrir ; on lui fit connaître la mission confiée à Baptiste.

— Que faire de plus? ajouta M. du Penhoer.

— Réfléchir, monsieur, réfléchir,.. une bonne
inspiration, une seule, et l'affaire va de soi...

— Hum! hum !... réfléchir, c'est merveilleux
quand on a le temps, mais...

— Quand on ne l'a pas, monsieur, on tâche de
réfléchir plus vite, voilà toute la différence. Mais
sans réflexion on ne saurait rien faire de bon... Et
puis, ce n'est pas si long qu'on le croit de réfléchir;
tenez, c'est à peine si j'ai appliqué ma pensée seulement trois minutes à l'affaire qui nous occupe, et
voici déjà que... C'est, parbleu! cela... Pardon,
mademoiselle, je ne devrais pas jurer en votre
présence, mais c'est que j'ai mon idée, voyez-
vous, et fameuse encore!

— Voyons votre idée, Dumont.

— C'est que, monsieur, vous m'avez défendu de
prononcer jamais devant vous un certain nom....
Or, c'est justement de ce nom-là qu'il s'agit.

— En aurez-vous bientôt fini avec vos énigmes?

— Si vous me promettez de ne pas « me renvoyer sur l'heure... »

— Vous allez m'échauffer la bile, Dumont.

— Je parie, interrompit Ondine en riant, qu'il s'agit de votre neveu, monsieur Dumont, de Louis Austin.

— Justement, mademoiselle, et d'un moyen qui va, je l'espère, lui donner l'occasion de payer une vieille dette....

— Dumont !

— Je n'ajoute pas un mot, monsieur, sinon que mon neveu est fort apprécié de son chef immédiat, lequel a pour beau-frère un employé supérieur de la préfecture de police. Or.... vous voyez ça d'ici, n'est-ce pas?

— Nous ne voyons rien du tout, si ce n'est, Dumont, que vous abusez terriblement de ma patience.

— Le raisonnement cependant est bien clair : mon neveu demande à son chef de vous recommander à son beau-frère, afin que la police consente à se mêler de notre affaire; son chef refuse, car ce sont là choses délicates dont personne n'aime à se mêler; mon neveu insiste sur la nécessité pour lui de saisir l'occasion, unique peut-être dans sa vie, de s'acquitter envers... envers un bienfaiteur inconnu; il persuade son chef, lequel persuade à son tour l'employé supérieur de la police; une excep-

tion est faite en notre faveur; des agents habiles
sont mis à notre disposition, bien qu'il s'agisse
d'intérêts privés entièrement étrangers à la justice,
et une fois de plus se réalise le vieux proverbe :
Un bienfait n'est jamais perdu!

— Sacrebleu! Dum....

Une mignonne petite main, la main d'Ondine,
ferme les lèvres de M. du Penhoer, et une voix
joyeuse s'écrie :

— Ah! mon oncle, comment avez-vous le courage de vous fâcher contre ce bon M. Dumont, qui
a si vite et si bien réfléchi!.... Nous acceptons les
services de votre neveu, mon cher monsieur; lais-
sez-lui cette lettre, afin qu'il la communique à qui
de droit; dites-lui qu'il se dépêche de réussir, et
qu'aussitôt après sera levée de droit l'exclusion portée par mon oncle contre lui. Ce ne sera plus lui
qui sera notre obligé, nous serons devenus ses dé-
biteurs... C'est dit, n'est-ce pas, mon oncle?

— Si telle est ta volonté.

— Dites mon désir, cher oncle.

— Comme si ce n'était pas exactement la même
chose.

V

Nous ne suivrons ni Baptiste dans ses recherches,
ni Louis Austin dans ses démarches. Nous ne cher-

cherons pas à établir la part qui revient à chacun dans le succès; nous dirons seulement que ce succès fut plus prompt et plus complet qu'on ne pouvait l'espérer.

Une semaine à peine s'était écoulée, et déjà on était sur les traces du brillant gentilhomme d'autrefois, transformé en un de « ces pauvres diables, » comme Paris en voit des milliers se cacher dans ses plus sombres quartiers et vivre de quelqu'une de ces industries ignorées qui, dans les grands centres de population, sont le métier des gens qui n'en ont pas, le gagne-pain des déclassés.

Habitant la plus étroite mansarde de la plus pauvre maison de la rue Zacharie, où les taudis abondent, le comte de Kerségan, connu sous le nom de M. Olivier, avait obtenu *la survivance*, pour l'avenir, d'une méchante échoppe d'écrivain public, située tout près de Notre-Dame.

Le maître de cette échoppe, voisin de logis du comte, était depuis quelque temps déjà atteint d'un rhumatisme goutteux qui le retenait des journées, des semaines entières sur son grabat.

Le comte l'avait entendu, une nuit, pousser des cris de damné; mû par un sentiment de pure humanité, il était accouru près de lui, l'avait veillé, consolé, et quand, le matin venu, il l'avait entendu se désoler de ne pouvoir aller comme d'habitude se mettre à la disposition des cuisinières illettrées, des charbonniers incapables d'aligner les chiffres de leurs bénéfices ou de leurs pertes de la veille, il lui avait offert de le remplacer pour ce jour-là.

Bien des crises de plus en plus longues et douloureuses avaient succédé à cette première attaque du mal, et chaque fois le père Broteaux avait trouvé une garde pour la nuit, un suppléant pour le jour.

Une sorte d'intimité s'était établie entre ces deux hommes, d'éducation et de manières si différentes, nous dirions volontiers si opposées.

M. de Kerségan dominait, de toute la hauteur de son intelligence et de son éducation, la facile et vulgaire bonhomie de son voisin, qui, à son tour, lui était supérieur par son bon sens pratique, et par l'expérience qu'il possédait à fond des détails de cette vie de bohême à laquelle tous les deux étaient réduits.

Quand M. Olivier remplaçait Broteaux dans son échoppe, il ne prélevait pas à son profit un seul centime sur la recette journalière, laquelle était intégralement versée, par lui, entre les mains du propriétaire de l'échoppe.

En revanche, celui-ci fournissait aux besoins du ménage dont M. Olivier prenait soin quand il n'était pas de service « au bureau. »

Et ainsi on vivait à peu près. La table était rare-

ment servie avec abondance, mais plus rarement
encore on la quittait ayant faim.

En somme, c'était « un pis aller » que le brillant
gentilhomme bénissait le ciel de lui avoir procuré.

Il était peu probable que quelqu'un de ses amis
d'autrefois s'aventurât dans le quartier sordide d'où
il ne sortait plus.

Et d'ailleurs un des plus intimes compagnons de
son existence passée l'eût-il rencontré de si près
que leurs épaules se fussent heurtées, il eût diffici-
lement, sous ses vêtements usés, reconnu l'élégant
viveur du Jockey-Club? Comment dans l'homme
aux cheveux blanchis, aux épaules voûtées, aux
traits vieillis avant l'âge, eût-il retrouvé le fringant
cavalier que « tout Paris » admirait naguère au
bois de Boulogne?

Derrière sa pauvreté, il se sentait mieux caché
que sous le masque le plus épais.

CHAPITRE XIII

UNE VISITE

I

Le premier mouvement de M. du Penhoer, en apprenant ces détails, fut de courir rue Zacharie chez le comte. Avec le tact qui distingue les femmes les plus inexpérimentées, Ondine le détourna de ce projet.

— Ce n'est pas chez lui, dit-elle, qu'il faut surprendre M. de Kerségan ; notre visite l'humilierait profondément. C'est dans l'échoppe de Broteaux, c'est au cours de ses fonctions d'écrivain public que nous devons lui faire notre première visite.

Un commissionnaire du quartier se chargea de surveiller l'échoppe et de courir rue Beaubourg dès qu'il y verrait installé le « camarade » du père Broteaux.

L'occasion désirée ne se fit pas attendre. La matinée du lendemain, singulièrement froide et humide, fut sans doute peu favorable aux rhumatismes de l'écrivain public, car son suppléant, qui depuis plusieurs jours ne quittait pas la rue Zacharie, se dirigea, dès huit heures, vers l'échoppe.

Une demi-heure plus tard, un monsieur, accompagné d'une jeune dame, y entrait à son tour.

M. de Kerségan pressentit à première vue un danger, sinon pour lui, du moins pour le secret de sa vie.

Ce n'était pas là, en effet, des pratiques ordinaires pour une échoppe d'écrivain public.

Il se leva et salua en homme du monde.

— Vous vous chargez, je crois, d'écrire sous la dictée, dit Ondine d'une voix émue.

— Je suis à vos ordres, madame.

— Eh bien! monsieur, voici ce dont il s'agit : une personne des plus honorables désire quelques renseignements que, pour des motifs que vous comprendrez tout à l'heure, nous désirerions ne pas lui donner nous-mêmes..., du moins avec notre écriture, et nous avons compté sur vous.

— Je comprends, madame, et j'ai l'honneur de vous le répéter, je suis à vos ordres.

Tout en parlant, M. de Kerségan s'occupait de préparer une feuille de papier et une plume.

Ondine dicta :

« Madame..., hier je vous écrivais: Espérez, nous « somme sur la voie; aujourd'hui je viens vous « dire : La mission que vous nous avez fait l'honneur

« de nous confier est heureusement remplie ; celui
« que vous avez cherché en vain est retrouvé ; en-
« core quelques heures de patience, madame, et ce
« fils bien-aimé sera dans vos bras, sur votre
« cœur. Que Dieu vous soutienne jusque-là et qu'il
« vous accorde la grâce de ne pas succomber à
« l'excès de la joie qui vous attend. »

— Après, madame?

— C'est tout, monsieur.

— Pas de signature?

— Non, veuillez mettre sous enveloppe... C'est
parfait... Maintenant, l'adresse, je vous prie ?

« Madame... madame la comtesse douairière de
Kerségan... »

Le comte bondit de sa chaise.

— Ma mère! s'écria-t-il, ma mère! et après avoir
donné cours à quelques sanglots, qui furent sur le
point de le suffoquer, il murmura :

— Mais qui donc êtes-vous, vous qui venez
ainsi, à l'improviste, ranimer mes souvenirs les plus
doux et les plus tristes?.. Qui êtes-vous?

— Des amis sincères, monsieur le comte, répondit le banquier, en prenant pour la première fois
la parole; des amis que madame votre mère honore
de sa confiance et qui bientôt, — j'ose l'espérer, —
posséderont la vôtre.

M. de Kerségan eut un mouvement empreint d'une certaine hauteur.

— Vous avez mon secret, vous savez mon nom, monsieur; me ferez-vous la grâce de me dire le vôtre?

— Edouard du Penhoer, monsieur, et voici ma nièce, Ondine. Nous sommes venus, en même temps que vous transmettre un message de madame votre mère, vous apporter nous-mêmes la réponse aux compliments que vous avez bien voulu nous adresser, il y a quelques mois, par l'intermédiaire de votre dévoué valet de chambre...

— Et si cette présentation ne vous paraît pas suffisante, monsieur le comte, voici de quoi la compléter, ajouta Ondine, en lui présentant la lettre de madame de Kerségan.

Un silence solennel, pendant lequel on eût pu avec un peu d'attention compter les battements précipités du cœur de M. de Kerségan, régnait dans l'échoppe.

— Mais cette lettre a plus d'une semaine de date, ma mère était mourante!... Mon Dieu! si j'allais arriver trop tard.

— Dieu ne le permettra pas, monsieur... D'ailleurs, depuis cette lettre mon oncle et moi en avons reçu une chaque matin. Les voilà toutes, y compris celle d'aujourd'hui... Elle a été écrite avant-hier.

M. de Kerségan prit la lettre d'une main tremblante ; mais il n'était pas capable de la lire. Il la
serra sur son cœur, se laissa tomber à genoux, et,
cachant sa tête dans ses mains, se prit à sangloter.

On entendit en ce moment une main se poser sur
le loquet de la porte. Ondine s'élança, poussa le
verrou placé en dedans, et d'une voix qui n'admet-
tait pas qu'on insistât :

— On n'entre pas, cria-t-elle, M. Olivier est en
affaire.

Oui, Olivier de Kerségan était en affaire : il ré-
glait ses comptes avec Dieu et sa conscience. Il
n'en était plus à se repentir de ses folies, et il faisait
mieux que de regretter le passé, il triomphait de
son orgueil. Il se décidait, à l'exemple de l'enfant prodigue, dont le divin Maître nous a raconté
la touchante histoire, à aller trouver sa mère et à
s'humilier devant elle, lui disant : « Ma mère, j'ai pé-
ché contre le ciel et contre vous, pardonnez-moi,
et demandez à Dieu qu'il me pardonne... »

II

Madame de Kerségan a revu son fils bien-aimé,
elle l'a béni, elle s'est éteinte, la main dans sa main,

en lui faisant entendre des paroles de consolation et
d'espérance.

La tombe de famille va se refermer sur les dépouilles mortelles de la pieuse femme, dont une
des dernières pensées, un des derniers messages a
été pour M. de Penhoer et pour sa nièce.

« Que Dieu vous rende toute la paix, toute la joie
dont, grâce à vous, ont été accompagnés mes derniers jours sur la terre, » leur a-t-elle écrit d'une
main à demi glacée déjà par l'agonie.

Et, en réponse à cette touchante bénédiction,
Ondine et son oncle sont accourus près de cette
amie, qu'ils ne connaissent pas et qu'ils désirent voir
au moins une fois avant de la perdre pour toujours.

Ils sont arrivés à temps ; la mourante n'a pu leur
parler, mais elle les a reconnus, leur a souri, et,
réunissant dans les siennes la main de sa petite-fille
et celle d'Ondine, elle a semblé leur laisser
pour prière suprême le commandement de s'aimer
comme des sœurs.

Les jeunes filles ne failliront pas à cet ordre :
alors même qu'un attrait naturel ne les entraînerait
pas l'une vers l'autre, il suffirait, pour la première, de
la pensée du retour de son père et, pour la seconde,
la paisible joie du service rendu pour établir entre
elles un de ces liens qui durent autant que la vie.

Les parents, les amis, les nombreuses relations

réunies pour les funérailles ont quitté le manoir où, avec le comte Olivier et sa fille, ne reste plus que la famille du Penhoer.

On cause d'affaires : le manoir est dans le plus pitoyable état, la plus grande partie des terres qui en dépendaient ont été vendues pour subvenir aux frais d'éducation de Marie et de son frère.

Que fera le comte? — Que deviendra Marie? Avec sa généreuse promptitude de décision, M. du Penhoer propose un arrangement qui lui paraît tout simple.

— Ondine a besoin d'une compagne, d'une amie, que mademoiselle de Kerségan soit cette sœur d'adoption. Lui-même qui a si constamment repoussé les affections de famille quand il avait des frères et des sœurs, a soif maintenant de ces affections; son foyer est assez large pour recevoir quatre places... Pourquoi les deux familles n'en feraient-elles pas une seule?

Cette combinaison, qui paraît toute naturelle au banquier, est, dans une certaine mesure du moins, repoussée par M. de Kerségan.

— J'accepte, lui dit-il, l'hospitalité que vous offrez à ma fille. Quant à ce qui me concerne, je ne serais pas excusable si je ne cherchais dans le travail mon entière régénération. Ce n'est pas une vie oisive et à votre charge que je puis, que je dois

15.

agréer ; mais puisque vous voulez bien vous préoc-
cuper de ma triste position, voilà ce que je vous demande : une place dans vos bureaux, non pas une
place fictive, un semblant d'occupation, mais un
labeur sérieux, réel, qui me donne le droit de m'asseoir à votre foyer et à votre table, non à titre de
parasite indigne, mais comme collaborateur sérieux
de vos travaux.

— Accepté, s'écrie M. du Penhoer, accepté, mon
cher comte. Et, je vous le jure, je vous taillerai assez
de besogne pour vous satisfaire.

On échange ensuite une foule de confidences intimes.

M. de Kerségan et Marie ne se lassent pas de parler ; le premier, de sa femme bien-aimée ; la seconde,
de son frère chéri que sa pensée suit, tantôt avec une
légitime fierté, tantôt avec de cruelles angoisses, sur
les mers lointaines où déjà plusieurs fois il s'est dis-
tingué...

Ondine l'écoute avec intérêt et, dès ces premières
causeries, elle ouvre son cœur au frère de son amie.
Pierre n'est plus un inconnu pour elle.

Elle le voit par les yeux de Marie et il lui semble
qu'elle le reconnaîtrait entre mille.

A leur tour, elle et son oncle dépeignent leur
passé. Ondine parle de Bertrand, si bon, si dévoué,
M. du Penhoer insiste sur la joie apportée au ma-

noir d'abord, chez lui ensuite, par la présence de la chère petite fée que l'Océan a apportée à son frère.

— Un présent de l'Océan! Ondine n'était-elle donc pas la fille de l'ancien maître du manoir de Penhoer?...

Cette question amène un récit détaillé de la nuit du naufrage, de l'adoption de l'enfant sauvée et, plus tard, de son arrivée à Paris.

— Et vous dites, mon cher baron, que tout ceci s'est passé au mois de novembre, il y a dix-sept ans...

— Pour préciser plus exactement, disons le 17 novembre.

— Avez-vous conservé le linge de l'enfant?

— Il est à Paris, dans ma caisse.

— Et ce linge de provenance étrangère, croyez-vous, n'est-il pas marqué L. S.?

— Comment savez-vous cela?... Je ne crois pas que ni moi ni Ondine nous ayons encore mentionné ce détail.

Au lieu de répondre à cette interruption, le comte poursuit :

— Et au-dessus des initiales est placée une petite couronne de marguerites?

— Ma foi, vous m'en demandez plus que je n'en

sais, répliqua le banquier; mais il sera facile de s'en assurer aussitôt notre retour à Paris.

— Inutile, mon cher oncle, d'attendre si long-temps, s'écrie Ondine très-émue.

Et sortant vivement de sa poitrine la chaîne soutenant une petite croix qu'elle portait le jour du naufrage et qui ne l'a jamais quittée, elle la présente à M. de Kerségan.

— Là, dit-elle, en montrant au milieu du fermoir de la chaîne les mêmes initiales presque imperceptibles. Voyez, voilà bien les deux lettres L. S. Si nous pouvions regarder à la loupe la petite couronne qui la surmonte, je suis sûre que ce sont des marguerites.

Marie court chercher la loupe demandée; le fermoir est examiné et la présence de la couronne de marguerites est unanimement constatée.

— Je vous en supplie, s'écrie alors Ondine en s'adressant à M. de Kerségan; y a-t-il là un indice de nature à me faire retrouver mes parents?

— Une famille, oui, ma chère enfant; je le crois du moins. Quant à vos parents, si mes prévisions ne me trompent pas, vous ne les retrouverez jamais sur a terre; ils ont dû périr dans le naufrage auquel vous avez si miraculeusement survécu.

Votre mère était jeune, belle, adorée... A présent je m'explique pourquoi vos traits m'ont si vivement impressionné la première fois que je vous ai vue; vous lui ressemblez, mon enfant.

— Vous l'avez donc connue?

— Je l'ai connue et tendrement affectionnée. Pupille de mon beau-père et un peu parente de ma femme, avec qui elle avait été élevée, elle se maria deux ou trois ans après nous; pendant ce temps elle était plus souvent auprès de nous que chez son tuteur. Elle se nommait Marguerite de Saint-Clair. Elle épousa à dix-neuf ans sir Edward Straton.

Sir Edward occupait à l'île Maurice un poste considérable. Lui aussi était jeune et plein d'avenir. Après un séjour de deux ou trois ans à l'île Maurice, séjour pendant lequel vous vîntes au monde, il fut rappelé en Angleterre par la mort de son frère aîné, qui lui laissait un siége au Parlement et une grande fortune.

Votre mère nous annonça son retour :

« Nous partons dans trois jours, écrivait-elle à ma « femme, nous avons retenu notre passage sur la « *Duchesse de Kent,* un des meilleurs voiliers de la « Compagnie des Indes, à destination de Londres, « d'où nous repartirons immédiatement pour la Bre- « tagne où, pendant qu'Edward retournera en Angle- « terre pour régler les affaires de sa succession, « ma petite Lucy et moi nous demeurerons près de « vous. Préparez-vous donc à nous voir arriver

« une dizaine de jours après la réception de cette
« lettre. »

Les dix jours s'écoulèrent, le mois de novembre tout entier se passa sans qu'aucune autre nouvelle nous parvint.

J'étais inquiet, j'écrivis à la direction de la Compagnie des Indes. On me répondit que, depuis le
1er novembre que la *Duchesse de Kent* avait été rencontrée, en mer, par un autre navire de la Compagnie, on n'en avait eu aucune nouvelle... Elle avait
dû entrer dans la Manche du 12 au 15 novembre,
et, comme vers cette époque la mer avait été très-
mauvaise, il était à craindre que, déviant de sa route,
elle n'eût été entraînée à la côte...

On me promettait de me tenir au courant de tout
ce qu'on pourrait apprendre, mais on n'apprit rien.
La succession de sir Edward demeura ouverte plusieurs années; puis, comme les biens dont il venait
d'hériter étaient des biens substitués, ceux qui y
avaient droit et qui étaient des parents très-éloignés
de sir Edward en prirent possession. Il est à peine
probable qu'en Angleterre personne se souvienne aujourd'hui que sir Edward s'était marié en France.
Je suis, je crois, le dernier allié survivant de la famille de sa femme.

— Mais j'y songe, ajouta le comte, il doit y avoir
ici, dans ce château, une preuve de la vérité de mes

suppositions, un petit portrait de Marguerite peint sur l'ivoire, qui avait été fait en même temps que celui de ma femme, et que les deux amies avaient échangés en se promettant de ne jamais s'en sépa-rer... Savez-vous, Marie, où se trouve ce médaillon?

— Dans le secrétaire de grand'mère, je crois. Je cours le chercher.

Le médaillon fut apporté; la ressemblance avec Ondine était si frappante qu'aucun doute n'était plus permis.

La pauvre enfant n'avait retrouvé les traces de sa famille que pour acquérir la certitude qu'elle était bien réellement orpheline.

Toutefois, il y avait quelque chose de si remarquable dans la manière dont cette découverte venait de se faire, qu'elle ne pouvait s'empêcher d'en être profondément frappée.

Les événements qui avaient mis son oncle et elle en rapport avec cette famille, singuliers en eux-mêmes, le devenaient bien plus encore par le fait de cette parenté jusque-là ignorée.

La main de Dieu était là, si visible, que nul ne pou-vait la méconnaître.

Quant à l'absence complète de tout autre lien de famille, ni elle, ni surtout son oncle ne le regret-taient. Ils étaient tout l'un pour l'autre, et si bien souvent le banquier, comme l'avait fait son frère avant lui, avait tremblé en pensant qu'un jour pouvait venir où Ondine devrait reporter sur d'autres personnes qui lui seraient, à coup sûr, moins dévouées que lui, l'affection, les soins auxquels elle l'avait accoutumé, la jeune fille, de son côté, avait souvent pensé qu'il lui serait pénible de s'éloigner de ce logis, dont elle était en quelque sorte l'âme, pour aller vivre dans un milieu étranger, indifférent et peut-être hostile.

— Si je ne dois jamais être serrée sur le cœur d'un père ou d'une mère, avait-elle souvent répété à Dieu dans ses prières, laissez-moi, Seigneur, dans l'heureuse ignorance où je vis touchant une famille où je me présenterais en intruse, où je pourrais déranger des calculs considérés comme légitimes, qui sait? compromettre peut-être des positions acquises.

Ni l'un ni l'autre n'eut dans la pensée de revendiquer l'héritage de sir Edward, héritage d'ailleurs qui se fût réduit à peu de chose, puisque les biens que la mort de son frère avait fait passer en sa possession, étant des biens substitués, avaient, à défaut d'enfant mâle, passé légalement à une autre branche de la famille du baronnet.

La Providence la traitait avec une bonté vraiment paternelle. En rattachant Ondine par des liens de parenté aux Kerségan, elle lui rendait ce qui lui avait jusque-là manqué, des affections et un appui naturels, et cela, sans lui créer des devoirs nouveaux, et, surtout, sans amoindrir en rien les liens d'adoption qui l'unissaient aux Penhoer.

Quant à la fortune, le banquier était trop riche et trop généreux pour ne pas rendre grâces au Ciel du privilége qui lui était définitivement acquis de n'avoir à partager avec personne le bonheur d'assurer l'avenir de sa chère enfant.

Une pensée plus généreuse encore, une ambition plus vaste se fit, dès le premier moment, jour dans son esprit : le comte de Kerségan avait un fils ; si le jeune homme pouvait plaire à Ondine ; si, comme tout le faisait espérer, il était digne d'elle, ne pourrait-on, par un mariage, fondre en une seule les deux antiques familles bretonnes?

Oh! alors comme il bénirait le ciel d'avoir eu le courage de rompre avec toutes les traditions de sa race et d'avoir, au prix de si cruels sacrifices, au prix de tant d'années passées dans l'isolement du cœur, dans la tristesse de l'âme, conquis une fortune ainsi employée à relever l'éclat d'un grand nom!

Certes, ce n'était là qu'un rêve; mais pourquoi ce rêve ne se transformerait-il pas en réalité?

Ondine n'était-elle pas trop jolie, trop parfaite pour ne pas gagner l'estime et l'amour d'un jeune

homme appelé à entrer de prime abord dans l'intimité de la famille ?

Et, de son côté, n'était-elle pas attachée à M. et
à mademoiselle de Kerségan par le plus puissant des
liens : le sentiment de grands services rendus? Or, qui
ignore l'influence qu'exerce sur une jeune imagination d'abord, et bientôt après sur un jeune cœur,
l'éloge continuel que des personnes aimées font
d'un absent qui leur est cher?

Malheureusement, la frégate à bord de laquelle
Pierre était embarqué, appartenant à la station navale
des mers du Sud, ne devait pas rentrer en France
avant une année au moins.

Après tout, se dit le banquier, dois-je me préoc-
cuper d'un délai qui m'assure à moi-même une pro-
longation de bonheur? une fois Ondine mariée, je
ne serai plus, comme maintenant, tout pour elle;
ma maison ne sera plus son univers.... Mais à quoi
vais-je songer là? deviendrais-je par hasard égoïste?...
Eh! eh! plus peut-être qu'il ne le faudrait pour
l'acquit de ma conscience, car, je puis bien me
l'avouer à moi-même, l'idée que, de toutes les
femmes, celle d'un marin continue, plus que toute
autre, à appartenir à sa famille, après son mariage,
n'a pas été étrangère au bon et prompt accueil que
j'ai fait à la première idée de ce projet. Seulement,
motus, monsieur du Penhoer, et souvenez-vous que le

meilleur moyen de rendre une jeune fille prompte à
saisir à première vue les défauts d'un jeune homme
et à se défier de ses qualités, à les critiquer, c'est
tout simplement de lui laisser voir qu'on désirerait
qu'il lui plût? Défiez-vous donc de vos accès de
franchise, et surtout prenez garde à la pénétration
de votre petite fée.

CHAPITRE XIV

DENOUEMENT

I

Marie de Kerségan, installée auprès d'Ondine, partage avec elle la direction du ménage et les innocentes distractions que le banquier, guidé en cela par M. de Kerségan, est ingénieux à leur prodiguer.

L'infatigable Dumont se multiplie pour se rendre utile aux deux amies que tout le monde prend pour deux sœurs.

Louis Austin, rentré en grâce auprès de M. du Penhoer depuis que, le service rendu par lui ayant soldé sa dette de reconnaissance, il n'en saurait plus être question entre eux, est devenu pour la famille un ami dévoué. Sa femme, ses enfants sont pour les deux jeunes filles des relations sûres et aimables.

Le cercle de la famille, ainsi élargi, a pris une importance suffisante pour faire monter en grade l'honnête Baptiste qui, de simple valet de chambre, est devenu maître d'hôtel, intendant, en un mot homme de confiance et factotum.

Madame Thérèse cumule toujours les fonctions de femme de chambre et celles de gouvernante des jeunes filles.

Mais en outre que ces dernières, maintenant qu'elles sont deux et à mesure qu'elles avancent en âge, ont moins constamment besoin d'un chaperon, le mariage de l'une d'elles va prochainement les émanciper toutes les deux à la fois; car il est bien entendu que rien ne sera changé dans l'intérieur de l'heureuse famille; elle comptera un membre de plus et ce sera tout.

Avons-nous besoin d'ajouter que c'est le rêve du banquier qui est sur le point de se réaliser?

Bien avant que Pierre de Kerségan fût de retour en France, il connaissait Ondine. Les lettres de son père, celles plus détaillées encore de sa sœur lui avaient appris tout ce que la charmante fille avait fait pour eux et, avec un enthousiasme que ses propres impressions devaient plus tard justifier, lui avaient dépeint ses rares qualités physiques et morales.

Le refrain du commandant et du banquier, devenu le leur : « Ondine est en vérité la fée bienfaisante du logis, » répété dans chaque lettre, s'était gravé à la fois dans l'esprit et dans le cœur du jeune marin.

Il arriva à l'improviste alors qu'on le croyait encore dans les parages du cap de Bonne-Espérance, et, ce qu'il vit, ce qu'il éprouva, en surprenant les jeunes filles dans leurs occupations d'intérieur, lui fit croire qu'il retrouvait deux sœurs au lieu d'une.

Il lui sembla qu'il avait toujours connu, toujours chéri Ondine, laquelle de son côté l'accueillit en frère impatiemment attendu.

Cette sainte affection se transforma peu à peu à la grande satisfaction de M. du Penhoer, mais à l'insu des jeunes gens, en un sentiment plus vif.

M. de Kerségan crut être le premier à s'en apercevoir; sa délicatesse s'en alarma, et courant à M. du Penhoer :

— Mon ami, il faut que Pierre se rembarque sur-le-champ ou que nos deux familles se séparent..... Pourvu qu'il ne soit pas trop tard.

— Trop tard pour briser le bonheur de deux enfants qui semblent faits l'un pour l'autre..... Vous n'y pensez pas, Kerségan? répliqua froidement le banquier.

— Vous savez donc?... répliqua le comte stupéfait.

— Je savais, — ou du moins j'espérais, — alors même que je ne connaissais votre fils que par ce que j'en avais entendu dire, qu'Ondine lui plairait, et je désirais que le jeune homme plût à cette chère enfant. Mon espoir s'est réalisé, et j'en bénis Dieu.

— Mais, mon ami, Pierre n'a que sa solde...

— Augmentée de quelques centaines de mille francs que je lui attribuerai dans le contrat; car il ne faut pas, pour la tranquillité d'un ménage, que toute la fortune vienne du même côté.

— En vérité, je ne sais si lui et moi nous devons accepter !...

— Pas d'exagération de délicatesse, je vous en prie, mon ami. Ondine n'est ni ma fille, ni ma nièce; je suis vis-à-vis d'elle complétement libre d'action, et je n'ai, à vrai dire, aucun parent qui puisse concevoir même l'ombre d'une espérance, touchant une fortune que j'ai gagnée par mon travail, remarquez-le.

Eh bien ! il me convient d'employer cette fortune, qui est si complétement à moi, à faire deux heureux. N'en suis-je pas le maître?

M. de Kerségan fit encore quelques objections que le banquier combattit et renversa une à une.

Quand, à la suite de cet entretien, ils se séparèrent, tout était réglé entre eux, non-seulement à l'endroit des jeunes gens, mais en ce qui concernait la position du comte qui, jusque-là simple employé de la maison de banque, dut accepter une participation dans les bénéfices avec le titre d'associé.

II

Avec sa franchise restée toujours un peu brusque, malgré la modification survenue dans son caractère, M. du Penhoer, renversant tous les usages, n'attendit pas que Pierre de Kerségan lui demandât la main d'Ondine.

Un matin, il entra dans le petit salon où il savait qu'Ondine était seule.

— Dans quelques jours, lui dit-il, il y aura dix-huit ans que le flot t'a laissée sur la grève de la petite crique de Penhoer; tu avais alors environ un an; te voilà donc bien près de tes dix-neuf ans. C'est, je crois, l'âge auquel les jeunes filles qui ont une dot, comme celle que je te destine, songent à se marier.....

Ondine pâlit !

— Ah ! mon oncle, s'écria-t-elle, êtes-vous las de m'avoir près de vous ?

— Qui t'a dit cela ? Je compte bien, au contraire, que tu ne me quitteras jamais.

— Cependant...

— Voyons, une jeune fille ne peut-elle accepter un mari sans s'éloigner de ceux qui jusque-là ont tenu une si large place dans sa vie... Par exemple, je suppose, — remarque bien que ce n'est qu'une

16

supposition, — je suppose, dis-je, que tu épouses
le frère de ton amie; quel change...

— Pierre! s'écria Ondine en se précipitant dans
les bras de son oncle... C'est à M. de Kerségan que
vous pensez pour moi... Ah! mon oncle, ne vous
jouez pas de moi; je sens que j'en souffrirais trop.

— Tu l'aimes donc?

— Tout à l'heure encore, je l'ignorais; mais vos
paroles ont, en quelque sorte, ouvert la porte de
mon cœur. Je ne sais pas si je l'aime; mais je sais
que je serais fière de porter son nom et heureuse
de l'avoir pour compagnon de ma vie, pour appui, pour protecteur.

— Chère, chère enfant.

— Mais lui, mon oncle?

— Cette après-midi, ma chérie, je pourrai te répondre. M. de Kerségan m'attend juste en ce moment dans mon cabinet; mais avant de lui parler,
j'avais besoin de savoir à quoi m'en tenir avec toi.

Et sans dire à sa nièce qu'il allait prendre les de-
vants avec son futur fiancé, comme il l'avait fait
avec elle, ce qui assurément n'eût pas eu l'approbation d'Ondine, M. du Penhoër s'échappa du salon
en se frottant les mains et en riant sous cape.

— Ma foi! pour le premier mariage dont je me
mêle, je mène rondement l'affaire, se disait-il
joyeusement.

L'entrevue du banquier et du jeune homme fut, à peu de chose près, l'exacte répétition du double entretien que le premier avait eu avec M. de Kerségan et avec Ondine.

Après avoir, comme cette dernière, laissé lire dans sa pensée et jusqu'à un certain point exprimé jusqu'à quel point ce mariage comblerait ses vœux, le jeune officier se retrancha derrière sa pauvreté.

Bien qu'il ne sût pas ce qui s'était passé entre le banquier et son père, il reproduisait tous les arguments de celui-ci, et peut-être M. du Penhoer ne serait-il parvenu qu'à grand'peine à triompher de ses résistances, s'il ne se fût avisé de s'écrier:

— Vous voulez donc le malheur d'Ondine?

— Le malheur de..... mademoiselle Ondine! Me croyez-vous donc assez présomptueux pour.....

— Il ne s'agit pas de présomption, mon cher enfant, il s'agit de la plus importante des réalités, le bonheur de votre vie et de la vie de ma fille d'adoption. Parlons franchement, sans fausse retenue: Ondine vous aime; non-seulement elle me l'a avoué, ou plutôt elle se l'est avoué à elle-même, il n'y a pas une heure, mais encore quand, avant d'avoir prononcé votre nom, j'ai parlé de mariage, elle a pâli au point de m'effrayer..... Et maintenant, dites, dois-je faire dresser le contrat?

— Ah! monsieur, comment pourrais-je vous exprimer tous mes sentiments? Sauf approbation de mon père.....

M. du Penhoer se mit à rire.

— Voilà que nous devenons raisonnable, dit-il tout en faisant retentir furieusement son timbre.

— Monsieur, dit la voix de Dumont.

— Priez M. de Kerségan de venir ici un instant... Vite, Dumont, vite, nous sommes pressés.

Dumont cligna de l'œil; il savait depuis long-temps que son maître n'était jamais si pressé que lorsqu'il s'agissait de faire des heureux.

— Une bonne anguille sous roche pour le jeune homme, marmottait-il en courant prévenir M. de Kerségan... Tiens, tiens, si c'était de *cela* qu'il retourne; ce serait une affaire excellente pour le marin et pas trop mauvaise, ma foi, pour « la petite fée. »

III

L'imagination de nos lecteurs peut suppléer aisément à ce qui nous reste à dire.

Ondine recueille aujourd'hui ce qu'elle a semé; elle est honorée, heureuse, parce qu'elle a mérité de l'être.

Plusieurs beaux enfants grandissent au foyer béni, dont elle est toujours l'aimable et bon génie.

Tantôt en mer, tantôt près de sa famille, Pierre de Kerségan est en voie de fournir à notre marine un de ses officiers supérieurs les plus distingués.

Mademoiselle de Kerségan, après quelques années passées près de sa sœur, s'est mariée à son tour. Elle a épousé un camarade de son frère, en passe, comme lui, de fournir une belle carrière.

Quand son mari est à terre, ils habitent tous deux le manoir de Penhoer que le banquier a mis à leur disposition ; quand elle est seule, elle vit chez sa sœur, qui passe quelques mois d'hiver à Paris et le reste de l'année à Kerségan.

La maison de banque a été vendue, et M. du Penhoer s'est arrangé de façon à faire la part de M. de Kerségan suffisante pour qu'il ait pu doter sa fille et se réserver à lui-même une honnête indépendance.

Les deux associés n'ont, du reste, pas séparé leur vie. Tous deux habitent chez leurs enfants ou, si l'on aime mieux, leurs enfants sont chez eux.

Il serait, en effet, difficile de dire qui est maître en cette demeure bénie où ne règne qu'une volonté unique et persévérante : travailler chacun à assurer le bonheur de tous.

FIN

TABLE DES MATIÈRES.

PARIS. — IMPRIMERIE CH. NOBLET, 13, RUE CUJAS. — 1955.

www.ingramcontent.com/pod-product-compliance
Lightning Source LLC
Chambersburg PA
CBHW071906020726
47502CB00003B/922